HELEN MARIE ROSENITS

MUIRA'S TALES

EINE MEERESELFE ERZÄHLT IRISCHE MÄRCHEN

Erstauflage

Buch

Meereselfe Muira rettet in einem schweren Sturm den Fischer Kyan. Von seinem Mut und Aussehen beeindruckt, betritt sie immer wieder Land und sucht seine Nähe.

Dabei trifft sie eines Morgens am Strand auf das Mädchen Aeryn, das so verloren und traurig wirkt, weil seine Eltern ständig streiten und keine Zeit mehr haben.

Muira erbarmt sich und erzählt ihr jeden Abend eine Geschichte, um die Einsamkeit der Kleinen zu lindern.

Das ist auch die Gelegenheit, um Kyan zu treffen, besser kennenzulernen und sich stetig mehr zu ihm hingezogen zu fühlen.

Der junge Fischer ist ganz bezaubert von dem rätselhaften Wesen und verliebt sich in sie.

Hin- und hergerissen zwischen ihrer Existenz im Wasser und zu Lande, muss Muira sich entscheiden. Doch welcher Teil von ihr wird siegen?

Das Erbe ihres Vaters Poseidon, des Meeresgottes? Oder das Erbe ihrer Mutter Ciara O'Brian, der irischen Prinzessin, die einst in unsterblicher Liebe zu diesem entbrannt war?

Helen Marie Rosenits

Muira's Tales

Eine Meereselfe erzählt Irische Märchen

Fantasy – Roman

Impressum

Verlag: BoD · Books on Demand GmbH, Überseering 33,
22297 Hamburg, bod@bod.de
Druck: Libri Plureos GmbH, Friedensallee 273,
22763 Hamburg
ISBN: 978-3-8192-9975-9

Bibliografische Information der Deutschen Nationalbibliothek
Die Deutsche Nationalbibliothek verzeichnet diese Publikation in der Deutschen Nationalbibliografie, detaillierte bibliografische Daten sind im Internet unter http://dnb.dnb.de abrufbar.

Inhalt

Irische Märchen

(Adaptiert nach den Gebr. Grimm, feat. Thomas Crofton Croker)

Irische Märchen

(Adaptiert nach den Gebr. Grimm, feat. Thomas Crofton Croker)

Irische Märchen

(Adaptiert nach den Gebr. Grimm, feat. Thomas Crofton Croker)

Irische Märchen

(Adaptiert nach den Gebr. Grimm, feat. Thomas Crofton Croker)

Irische Märchen

(Adaptiert nach den Gebr. Grimm, feat. Thomas Crofton Croker)

Prolog

Missmutig blickte Meereselfe Muira in den Festsaal des riesigen Meerespalastes ihres Vaters Poseidon. Das jährliche Treffen aller Familienmitglieder entwickelte sich wie so oft zu einer ausufernden Feier.

Getränke, vor allem alkoholische, flossen in Strömen, die Tische mit den Platten voller köstlicher Leckereien bogen sich unter dem Gewicht und keiner hielt sich zurück, weder beim Essen noch beim Trinken oder viel eher Saufen. Nicht einmal der weibliche Teil der Festgesellschaft kannte irgendwelche Hemmungen.

Wie auch, waren sie doch alle Götter, Halbgötter oder zumindest deren enge Verwandte, die sich – ähnlich wie die Adeligen an Land – für besser, erhabener, eigenen Regeln, manchmal sogar Willkür, folgend und unantastbar hielten.

‚Welch Irrtum', hätte sie ihnen am liebsten zugebrüllt, selbst wenn das Faktum der Unsterblichkeit für die meisten galt. Doch Poseidons Macht und Gerechtigkeit waren sie alle unterworfen.

Erschöpft vom Tanzen verbarg sie sich hinter einer von Seeanemonen und Korallen verzierten Säule, eine aufmerksame Beobachterin, zwar Teil des Ganzen, aber dennoch am Rande.

Ihr Vater Poseidon thronte in der Mitte der langen, erhöhten Tafel und blickte zufrieden in die Runde. Ein stolzes, verhaltenes Lächeln zierte seine Lippen, als seine Augen über die Menge an Nachkommen schweiften. Vielleicht war es ein wenig männliche Eitelkeit oder auch nostalgisches Schwelgen in der Vergangenheit, kaum jedoch moralische Einsicht, noch viel weniger schlechtes Gewissen.

Langsam musterte Muira sein Äußeres, das Ergrauen des wellenden Haupthaares, den mit weißen Strähnen durchzogenen Bart und die sich vertiefenden Falten um Augen, Mund und Wangen. Zwar war Poseidon unsterblich, dennoch dem Altern unterworfen. Trotzdem konnte sie in ihm noch immer den überwältigend maskulinen Reiz erkennen, dem ihre Mutter Ciara erlegen war. Selbst seinen Charme konnte sie erahnen, wenn er dazu ansetzte, jemanden zu überzeugen, etwas durchzusetzen oder zu verbergen.

Neben ihm saß Amphitrite, die Göttin des Meeres, seine Gemahlin, mit der er einen Sohn und zwei Töchter gezeugt hatte. Von zeitloser Schönheit, geschickt im Taktieren und Lavieren durch die Fallstricke des Lebens, hatte sie über die Promiskuität ihres Gatten nonchalant hinweggesehen und seine zahlreichen Liebschaften, vor allem mit einigen Nereiden, den Meeresnymphen, ignoriert.

Dafür genoss sie, eine zentrale Figur in der Herrschaft über die Meere neben ihm zu sein. Muira konnte neidlos anerkennen, dass Amphitrites Erscheinung und ihr Wesen sowohl Anmut als auch Autorität ausstrahlten. Sie war eine Respekt einflößende Präsenz unter Göttern und Sterblichen.

Eher im Hintergrund die Fäden ziehend, war sie die perfekte Partnerin und Stütze ihres Mannes Poseidon. Etwas, das auch Muira allzu gerne gewesen wäre, würde sie nur den passenden Teil zu ihrem Selbst finden können.

Kaum hörbar seufzte sie, bemerkte Triton, den einzigen ehelichen Sohn ihres Vaters und zahllose seiner Bastarde wie Orion, Antaios, Phaiax, Kerkyon und Otos mit seinem Bruder Ephialtes. Zu vielen der Gesichter konnte sie kaum die Namen zuordnen, waren heute doch alle Geladenen aus den sieben Weltmeeren eingetroffen.

Der riesige Palast im Zentrum des Europäischen Mittelmeeres quoll beinahe über vor Verwandten und Bediensteten wie Zofen, Kammerdiener oder Lakaien. Es war ihr zu viel, alles, der Trubel, der Tratsch, die Rangeleien, die Prahlerei, das Sticheln, das Verleumden und Flirten und vor allem der kaum verhüllt ausgelebte Sex. Sie wollte weder wissen, wer mit wem, noch wünschte sie, im Fokus von unwillkommenen Annäherungen zu sein.

Sie war eben halb Mensch und irgendwie konnte sie die Sehnsucht nach Liebe, Verständnis, Vertrauen und Treue nicht abschütteln, wollte es auch gar nicht. Eine Einstellung, die nur Kopfschütteln hervorrief.

Muira war sich bewusst, dass sie hier zwar wegen ihres Vaters dazu gehörte, aber wegen ihrer irdischen Mutter Ciara wiederum eine Außenseiterin war. Oder vielleicht machte sie sich auch selbst zu einer? Weil sie nicht in der Mitte der Familie leben wollte, sondern ihr Dasein am Rande im Atlantischen Ozean bevorzugte?

Vermutlich, doch es zog sie stets zur Irischen See hin, zur Heimat ihrer mütterlichen Verwandtschaft, der ehemals königlichen Familie O'Brian.

Klirren von Glas, Poltern von umstürzenden Stühlen, Ächzen und lautes Stöhnen rissen Muira aus ihren Gedanken. Verärgert verzog sich ihr Mund und ihre Augen fokussierten sich angewidert auf die beginnende Rauferei.

Klar, es musste so kommen bei all dem Testosteron im Übermaß im Saal.

Welches Weltmeer würde siegen? Die kraftstrotzenden, mit Muskeln gestählten Vertreter der kühleren Gewässer oder die eher geschmeidigen, jedoch ebenso kräftigen Typen der wärmeren Gegenden?

Bei all dem Gebrüll, den kämpfenden Gestalten und den im Clinch umschlungenen Leibern war keine Prognose möglich. Und die anfeuernde Rufe der weiblichen Feiergäste waren auch keinerlei Hilfe.

Meonach, eine sehr temperamentvolle, wilde

Meeresnymphe des nördlichen Atlantiks, schrie jetzt aus voller Kehle: „Aus! Hört auf! Eine bessere Herausforderung: Wer kann die größeren Wellen produzieren? Wer von euch heftigere Stürme auslösen?“

„Und wer, ihr Memmen, schafft es, in seinem Lebensraum mehr Boote und Menschen zu vernichten als die anderen?“, stachelte nun ihre Schwester Cogaíchta die Männer ganz kriegerisch an.

Zustimmendes Murmeln, begeistertes Gegröle, mit Stolz angespannte Muskeln und allzu bereitwilliges Losjagen in den Wettkampf der Zerstörung.

Muira wurde es mulmig zumute, nein, ihr war regelrecht speiübel.

Mit panischem Blick suchte sie den Augenkontakt zu ihrem Vater. Er war doch der ‚Herr des Meeres‘, der Wolken und Stürme erschuf, aber auch der Beschützer der Seeleute. Er konnte doch nicht reglos zusehen, wie seine Brut übermütig, gedankenlos und selbstsüchtig über die Weltmeere raste.

„Lass‘ sie ein wenig austoben“, antwortete er ihr in Gedanken. „Ich werde schon zeitgerecht eingreifen und das schlimmste Wüten einbremsen.“

Sie nickte ihm kurz zu.

Dann verließ sie blitzartig den Saal, den Palast und floh schnellstens in ihren geliebten Teil der Meere.

Sie konnte nicht alle beschützen, aber sie wollte zumindest dort in der Irischen See ihr Bestes geben. Ihre Bemühungen würden nicht genug sein gegen die ausgebrochene Raserei in diesem von Rivalität geprägten Wettstreit, aber sie würde alles versuchen, Wind und Wellen zu mildern und Boote und Menschen zu retten.

Lodan, der hier Meeresverwalter und lokaler Herrscher war, würde sie nicht hindern, so hoffte sie zumindest.

Sie schwamm, so flink sie konnte, doch hatte sie nicht dieselbe Kraft wie die nach einem Sieg jagenden Männer.

Grauschwarze Wolken, mit wirbelnden Böen gefüllte Stürme und sich zu haushohen Wellen auftürmendes Meerwasser umgaben sie. Regen prasselte noch zusätzlich auf das Chaos und erschwerte ihre Sicht.

Dem Himmel sei Dank, hatten die Menschen hier das Herannahen von Unwetter rechtzeitig bemerkt und Schutz gesucht, im nächsten Hafen, in nahe gelegenen Häusern. Zwei, drei Boote waren jedoch zu langsam gewesen. Vor ihren Augen wurden sie von den tobenden Wogen verschluckt. Gerade noch hier, im nächsten Moment verschwunden in peitschender Schwärze.

Muira weinte bitterlich, sie war zu spät gekommen.

Da sah sie ein einzelnes Fischerboot, fast in Rufweite des Ufers, das mit Sturm und Wellen kämpfte. Darin ein Mann, nicht um Gnade bettelnd oder Gott, den Allmächtigen, im Himmel um Hilfe anflehend, sondern mit grimmigem Blick die Elemente verfluchend. Sein nasses Hemd klebte an seiner Brust, seine Arme umfassten kraftvoll das Ruder und seine Augen glühten voller Hass und Wut.

„Du hast mir meine Eltern geraubt“, brüllte er in den Wind, „dann meinem Großvater die Kraft genommen und willst jetzt auch mich? Damit meine Großmutter in ihrer Hilflosigkeit zurück bleibt und wirklich den Verstand verliert?“

Für Momente war Muira bewegungslos, bis der Schrei „NEIN! MICH NICHT!“ sie zum Handeln brachte.

Mit aller Energie schob sie Wasser zur Seite, lenkte Böen ab und hob das Boot immer näher hin zum Strand. Mit einem letzten Stoß trieb sie es auf den mit Kiesel und kleineren Steinen durchsetzten Sand.

Geschafft! Sie hatte es tatsächlich geschafft, ein Menschenleben zu retten.

Ihr letzter Blick glitt über die männliche Gestalt, noch voller Anspannung, die Hände im Boden festgekrallt und um Luft ringend. Emotionen zwischen Unglauben, endloser Erleichterung und wachsender Dankbarkeit huschten über seine Miene.

Erschöpfung zeichnete sein Gesicht, grub Furchen in Stirn und Wangen. Das dunkle Haar hing durchnässt und wirr an seinem Kopf, die breite Brust von zerrissenen Hemdstreifen und einigen Schnitten bedeckt.

Nach etlichen Augenblicken sank sein Körper letztlich erleichtert zusammen, krümmte sich – wie unter Schmerzen oder einem Schluchzen, bis er seinen Kopf hob.

Seine Augen, grün wie die Irischen Wiesen, über die sie als Kind so gerne lief, flackerten unfokussiert zum Horizont. Starrte er auf das Meer? Den Himmel? Oder sie?

Schnell tauchte sie unter, doch der Eindruck dieser markanten Züge und die Erinnerung an dieses Changieren von Farn- über Moos- bis zu Wald-Grün im wechselnden Licht begleitete sie.

„Kyan, Kyan!“ hörte sie noch die Rufe der Dorfbewohner, als sie hinunterglitt in ihre Höhle, ihre Zuflucht im Meer.

Kapitel 1

Seine blutig gescheuerten Finger krallten sich an den Steinen unter ihm fest und seine Wange sank in den feuchten Sand.

Salz brannte in seinen Augen und den zahlreichen Wunden. Das eingeatmete und verschluckte Meerwasser quälte Rachen und Lunge bei jedem mühsamen Luftholen, rumorte in seinem Magen.

Seine Muskeln sandten Schmerzen wie Flammen durch ihn hindurch, bis von den Rändern her sein Blickfeld sich von Grau zu Schwarz verwandelte, ein Summen seine Ohren erfüllte, zu Rauschen in seinem Kopf wurde und er sich für Momente ergab.

Nur ein Gedanke dröhnend in ihm: Gerettet!

Erst als grobe und raue Hände an ihm rüttelten

und ihn sehr unsanft in die Höhe hievten, schlug er widerwillig die Augen auf und murmelte unwirsch: „Hört auf, hört auf, verdammt noch mal!“

Zu gerne hätte er sich in der finsteren Seligkeit des Vergessens vergraben, Stunde um Stunde ungestört geschlafen, um an nichts zu denken, nichts planen oder arbeiten zu müssen, keine quälenden Erinnerungen, vielleicht nur süße Träume von blauen Augen, wechselnd wie das Meer, und blonden Haaren, sich wandelnd wie das Sonnenlicht.

So aber wehrte er die Besorgnis der Nachbarn und etlicher Neugieriger ungeduldig ab, versicherte ihnen, dass er okay wäre und nur schnell nach Hause müsste, um seine Großmutter zu beruhigen.

Leise stöhnend richtete er sich auf, wappnete sich mit seinem unnahbarsten Blick, ignorierte alle Fragen und eilte hinkend unter Schmerzen zu seiner Hütte.

Sollten sie ihn doch für undankbar, seltsam und barsch halten. War ihm schlicht egal.

Doch die Gedanken an seine Granny trieben ihn vorwärts. Tobende Gewitter, heulender Sturm und peitschender Regen versetzten sie jedes Mal in Unruhe, ja Panik.

Zu viel hatte sie unter solchen Bedingungen in ihrem Leben verloren, ihr einziges Kind, Sohn Ryan und dessen Gattin Roisin, zwei Mal ihre Hütte, drei, vier Mal ein Boot und am schlimmsten vor sieben Jahren ihren innig geliebten Mann Niall.

Sie hatte alles überwunden und unverzagt weiter gemacht, Schritt für Schritt. Mit verbissenem Eifer Schutt beiseite geräumt, Stein für Stein und Balken für Balken unter größten Mühen neu aufgebaut. Münze um Münze zur Seite gelegt, gespart, verzichtet, bis wieder Haus und Boot ihre stabile Basis waren.

Mit Hingabe, Geduld und endloser Liebe hatte sie ihren halbwüchsigen Enkel groß gezogen.

Das Verständnis und gelebte Vorbild seiner Großeltern hatten ihn vor pubertären Auswüchsen oder unvernünftigen Ausbrüchen bewahrt. Ein tadelnder Blick, Enttäuschung in ihren Augen und resignierte Seufzer hatten ihn mehr ermahnt, als es laute Tiraden oder zornige Drohungen je gekonnt hätten.

So hatte er problemlos mit besten Noten sein ‚Leaving Certificate' (Abitur, Matura) erhalten.

Heimlich hatte er geträumt, das University College in Cork oder vielleicht sogar die University of Strathclyde in Schottlands Glasgow zu besuchen. Marine Management/Engineering, Ship Technology, irgendetwas in der Art.

Etwas Meeresbezogenes, wo er seine Erfahrung, seine Neugier einbringen könnte, denn trotz aller familiärer Erfahrungen waren die Weite des Ozeans, die Beherrschung der Wellen, die optimale Nutzung der Gezeiten und die vielfältige Handhabung der maritimen Ressourcen mitsamt den technischen Notwendigkeiten seine vererbte Leidenschaft.

Sein geliebter Großvater hatte natürlich die Sehnsucht in ihm erahnt und vorteilhafte Arrangements für seinen Fischfang abgeschlossen, sowie langsam in den Aufbau von Aquakulturen investiert.

Eifrig war er ihm zur Hand gegangen, hatte sich in Fernkursen und mit Büchern vorbereitet, um schon ein Vorwissen zu erlangen.

Doch das Schicksal hatte nicht nur einen Strich durch seine insgeheime Rechnung gemacht, sondern mit ungeheurer Wucht zugeschlagen.

Gemeinsam mit seinem Granda war er nach einem teils sturmgeplagten, doch sehr erfolgreichen Fang in den Hafen eingelaufen. Sie hatten im abziehenden Gewitter ihre Fische am Kai verladen, dabei wie sooft gelacht und gescherzt.

Plötzlich hatte sich sein Opa aufgerichtet, nach seiner Brust gegriffen und „Kyan“ gekrächzt.

Dann war er wie eine Marionette mit zerschnittenen Fäden inmitten von Salzwasser, Sand und Fischgeruch zusammengebrochen.

Genau konnte er sich selbst heute nicht mehr an den konkreten Ablauf aller Ereignisse erinnern.

Die Minuten und Stunden standen grell, riesig greifbar und wie in Zeitlupe in seinem Kopf festgebrannt.

Es könnte ein Film sein, war aber Realität, Alptraum und Horror in einem.

Die Schreie um Hilfe, Rufe um einen Arzt – waren es seine gewesen? Oder die von anderen?

Die eintreffende Rettung, die Präzision der Bewegungen von Notarzt und Sanitätern, die Hektik ihrer immer intensiveren Bemühungen und über allem hinweg ein gehauchtes „Caitlin“, der letzte Atemzug seines Daideó, der ihn buchstäblich zu Boden gerissen hatte, heftiger, als ein Sturm es je vermocht hätte.

Er hatte seine Arme heftig um den alten Mann geschlungen, wollte Jahre seines jungen Lebens geben, um sein entschwindendes zu verlängern.

Doch das Schicksal ließ nie mit sich handeln. Es war stets erbarmungslos. Und Gott da oben in dem mittlerweile mit bauschigen Wolken durchzogenen Blau des Himmels war taub für sein Bitten und Flehen gewesen.

„Dado, Dado“ hatte er verzweifelt geflüstert.

Immer wieder – wie ein liebevoller Refrain oder vielleicht auch wie ein Gebet.

Erst als ein gequälter Schrei die Luft durchschnitten hatte, war er aus seiner Trance, seiner Benommenheit aufgeschreckt.

Seine Maimeó war jammernd und stöhnend neben ihrem leblosen Mann hingesunken, hatte ihn fest umklammert und gälische Wortkaskaden über ihn ergossen, halb sprechend, halb singend, aber in jedem Atemzug Schmerz ausstrahlend.

Kein tröstendes Wort, keine beruhigende Geste, keine angebotene Hilfe hatten sie in ihrem Leid erreicht.

Irgendetwas war neben ihrem toten Niall auch in ihr gestorben.

Die Beruhigungsspritze des noch anwesenden Arztes hatte sie in einen lethargischen Zustand versetzt, sodass er sie wenigstens hatte nach Hause bringen können.

Willenlos wie eine Puppe hatte sie danach alles ertragen: Die Aufbahrung, das Begräbnis, die Kondolenzbezeugungen.

Und als nach ihrem Schritt zum offenen Grab die Erde von der kleinen Schaufel gefallen war, hatte sie die Augen geschlossen und war ohnmächtig geworden.

Danach in all den Jahren war sie nie mehr die alte gewesen.

Nicht nur sein Großvater, sein Daideó, war in die Ewigkeit verschwunden, sondern auch seine Großmutter, seine Maimeó, hatte sich an einen fernen Ort zurück gezogen, an dem er sie kaum mehr erreichte.

„Kyan, Kyan, cá bhfuil tú? Wo bist du?"

Er hörte Omas verzweifelte Rufe, spürte sie bis in sein Herz hinein.

Mit letzter Energie erklomm er die Stufen und riss die Türe des Hauses auf.

Sich an den Rahmen klammernd, stand seine Maimeó in der Küchentüre, wie unschlüssig, was sie beginnen sollte.

Mit zwei großen Schritten war er bei ihr, nahm sie in seine Arme.

Strich in besänftigenden Bewegungen über ihren Rücken.

„Mamo! Tá gach rud go maith. Tá an stoirm thart. Alles ist gut. Der Sturm ist vorbei!", murmelte er in ihr graues Haar, das wirr in alle Richtungen stand.

Selbst jetzt noch tasteten ihre Finger fahrig an ihren Kopf, strichen dann unruhig über seine Schultern.

Ihr Atem kam unregelmäßig, fast keuchend aus ihrer Brust.

„Agus conas atá tú? Und wie geht es dir?", rissen sich ihre Worte rau aus ihrem Mund, während ihre Augen forschend über sein Gesicht huschten.

„Tá mé sábháilte. Díreach cúpla wounds. Tá mé ceart go leor, Mamo. Ich bin in Sicherheit. Nur ein paar Wunden. Mir geht es gut, Oma. Tá gach rud ceart go leor. Amháin teastaíonn deisiú ón mbád. Alles ist in Ordnung. Nur das Boot muss repariert werden", versicherte er mit fester Stimme.

Nur keine Schwäche zeigen, sie nicht beunruhigen, ermahnte er sich im Stillen.

Die paar Momente an Geduld musste er noch aufbringen, bis er sie in ihr Zimmer zu ihrem geliebten Lehnstuhl gebracht hätte.

Mit schleppendem Schritt begleitete er seine Oma, legte noch einen warmen Quilt über ihre Beine, als sie sich endlich auf die Polsterung fallen ließ.

Dann drückte er einen zarten Kuss auf ihre Stirn

und verließ das Zimmer, sorgfältig die Türe schließend.

„Mo réalta súl. Mein Augenstern", flüsterte es hinter ihm, begleitete ihn, bis er seine Maske, seine qualvoll aufrecht erzwungene Haltung fallen lassen konnte.

Blank, pur, nur mehr er, mit Schmerzen, peinigenden Erinnerungen, voll irrender Gedanken und wirrer Vorstellungen.

Sein Körper fühlte sich wie eine große Wunde an, außen und noch mehr innen.

Überwältigt von Müdigkeit – bis in seine Knochen und tief in seine Seele hinein.

Begleitet von Verzagtheit, vielleicht sogar Mutlosigkeit, die selbst sein Herz erfasste.

Mit steifen Bewegungen streifte er seine Kleidung ab, fiel auf sein Bett und zog die Decke über sich, zu erschöpft, um irgendeine seiner Blessuren zu verarzten.

Dies würde er am nächsten Tag tun. Der Morgen kam bestimmt, ob er wollte oder nicht.

Und zu seiner Schande, wie er sich zaudernd eingestand, war er in diesem finsteren Augenblick am

Nichtwünschen näher als jemals zuvor.

Kapitel 2

Zappelnd stand Kyan am Ufer. Endlich durfte er selbst das Angeln probieren und hatte nicht nur ruhig daneben zu sitzen. Sein Vater und Großvater flankierten ihn, gaben ihm Anleitung und Tipps.

„Kyan, Angeln erfordert Geduld, Ausdauer, aber auch Wissen um die richtige Angel, Schnur, den Haken und Köder", belehrte ihn sein Daddy.

„Sohn, halt keine Vorträge, nur Übung macht den Meister", unterbach sein Granda und ließ ihn jeden Schritt von ihm nachahmen.

Dann verhielt er sich vollkommen ruhig, gespannt die Wasserfläche betrachtend. Er wünschte sich so sehr, ein Fisch würde zuallererst bei ihm anbeißen, um seine Familie stolz zu machen. Das

Geschrei der Möwen störte ihn in diesem Moment. Genauso wie deren freche Blicke, halb aus Neugier, halb aus Fresslust bestehend.

Plötzlich ein Ruck. Vor Schreck und Überraschung hätte er beinahe die Angel fallen gelassen. Dann besann er sich der zuvor erhaltenen Instruktion und holte vorsichtig und langsam die Schnur ein.

Doch da waren auch schon sein Vater und Großvater an seiner Seite.

Gebannt starrten sie auf den Fisch, als er ihn zappelnd durch die Luft hin zum Quai schwang.

„Nicht schlecht fürs erste Mal“, lobte sein Papa.

„Oh, gut gemacht, Kleiner“, lachte sein Opa. „Jetzt noch weitere neun derselben Größe und unser Nachtmahl ist gesichert!”

Plötzlich kam Sturm auf und eine Riesenwelle schwappte an Land, verschlang vor seinen Augen die von ihm so geliebten Menschen und trug sie davon hinaus aufs Meer.

Weg von ihm, der schreiend nachspringen wollte, um sie zu retten.

Doch ein Sturmböe drückte ihn zu Boden und ein Donnerschlag durchdrang seine Ohren, der wie schauriges Lachen klang.

Bewegungsunfähig ließ er das Unheil über sich

ergehen, völlig starr und stumm, nur im Innern einen rasenden Schmerz, der Tränen in seine Augen zwang.

Keuchend hob er schließlich den Kopf, sah die beginnende Morgenröte durch das geöffnete Fenster seines Zimmers, tastete verwirrt über Matratze und Decke, in der sich seine Beine verheddert hatten.

Dem Himmel sei Dank – nur ein Traum.

Nein, ein Alptraum, der sich aus zu vielen realen Elementen seines noch jungen Lebens zusammen setzte.

Sein Herz klopfte beschleunigt, seine Prellungen schmerzten und die tieferen Wunden pochten im Rhythmus seines Pulses.

Erschöpft strich er mit seinen Händen über sein Gesicht, wischte den Schweißfilm weg und die Feuchte auf seinen Wangen.

Nein, er hatte nicht im Schlaf geweint, er doch nicht.

Er schüttelte sein Haupt, um wieder klar zu werden, rieb sich die verklebten Augen und wankte zum Waschbecken.

Dort hielt er seinen ganzen Kopf unter den Wasserhahn, begrüßte das so belebende Plätschern und die muntermachende Kühle.

Gerne hätte er auch seinem Körper diese Wohltat gegönnt, doch zuvor musste er seine tieferen Wunden mit Verbänden versorgen.

Das kleine Wandkästchen in seinem Bad war sein größter Schatz, da es nicht nur Verbandszeug, Desinfektionsmittel und Bandagen enthielt, sondern auch diverse Salben und Tinkturen, alle von seiner Großmutter oder in Heilkunst bewanderten Nachbarinnen hergestellt.

Sollten eben heute Arnika, Honig, Petersilie, Majoran und Beinwell still ihre Wunder wirken, während er sich um sein Boot kümmerte. Schließlich war jeder Tag ohne Fang ein verlorener.

Er brauchte das Geld, nicht nur für sich, sondern auch für seine Großmutter, der er unauffällig in den verstrichenen Jahren Hilfe von Nachbarn hatte zukommen lassen.

Sie taten es zwar gerne – die eine putzte ein wenig, die andere brachte manchmal Essen vorbei und eine weitere kam zum Vorlesen oder Plaudern – und mit einem Lächeln, aber eine gewisse monetäre Vergeltung nahmen sie dennoch dankbar an.

Schließlich sparte er noch, um mehr in Aquakultur zu investieren und auch Helfer zu engagieren, die ihn unterstützen sollten. Er wollte sich nicht zu Tode arbeiten oder gezwungen sein, bei jedem, selbst dem extremsten, Wetter hinauszufahren.

„Such' dir doch eine liebe Frau!", hatte ihm zwinkernd Pierce, sein Nachbar zur Linken, erst unlängst geraten. „Dann hast du jemanden fürs Haus, zur Betreuung deiner Granny und niemals ein kaltes Bett!"

Lachend war er dann davon geschlurft und hatte ihn grollend über unerbetene Ratschläge und grübelnd über die verlockende Vorstellung bei seinen Fischernetzen zurück gelassen.

Nachdem er sich unter einigen Verrenkungen mit einiger Eile verarztet hatte, zog er beinahe widerstrebend seine Arbeitskleidung an, ignorierte seine bequeme Couch und das angefangene Buch und stolperte ungelenk dank seines malträtierten Körpers hinunter zur Küche.

Seine Großmutter war wieder ganz die Fürsorge und Bemutterung in Person.

Gewitter, Sturm und Unheil längst in ihrem Vergessen versunken.

„Maidin mhaith! Ar chodail tú go maith? Guten Morgen! Gut geschlafen?", fragte sie ihn heiter.

„Sea, go raibh maith agat, Mamo. Ja, danke, Oma. Tá boladh blasta air sin arís. Das riecht wieder köstlich," murmelte Kyan. Dann ließ er sich auf seinem angestammten Platz am Tisch nieder und begann, den Porridge genüsslich in sich hineinzuschaufeln.

Lachend klopfte sie ihm auf die Schulter und meinte mit einem selbstzufriedenen Lächeln: „Tá a fhios agam cén chaoi is fearr leat do bhricfeasta! Ich weiß ja, wie dir dein Frühstück am besten schmeckt!"

Damit hatte sie ausnahmslos recht.

Bei diesem traditionellen Rezept erwärmte sie eine Mischung aus irischen Haferflocken und Milch, bis sie kochend heiß war, goss sie in eine Schüssel und fügte noch irischen Honig hinzu.

Dann garnierte sie alles mit frischen Früchten, vor allem Bananen, die er besonders mochte. Doch da war er nicht allzu wählerisch.

Er akzeptierte nahezu jede Obstsorte. Egal, ob Äpfel, Erdbeeren oder Heidelbeeren, selbst Orangen oder Mangos. Nur Johannisbeeren (Ribisel) – in welcher Farbe auch immer – musste er nicht haben.

Doch da ihm die Dringlichkeit, zum Hafen zu kommen, unter den Nägeln brannte, stürzte er seinen Irish Breakfast Tea mit mehr Eile als Genuss hinunter.

Die sich ausbreitende Wärme, der mit Milch perfekt abgerundete Assam-Geschmack und dazu die Reminiszenz des vergangenen Tages mussten noch

Stunden um Stunden warten.

„Feicfidh mé sibh tráthnóna! Bis zum Abend!“

Mit dem flüchtig hingeworfenen Gruß schnappte Kyan sich seine Jacke und stürmte zur Türe hinaus.

Schon auf dem Weg bemerkte er einige Schäden an Häusern und Hütten, in Gärten und auf Gassen. Umgestürzte Bäume, entwurzelte Sträucher, abgefetzte Blütenköpfe, lose Balken, gesplitterte Holzplanken, einige lockere Ziegel – alles reparierbar, keine allzu große Katastrophe.

Doch je näher er dem Hafen kam, desto mehr Menschen drängten sich. Touristen auf ihrer Rundfahrt, um einen malerischen Ort zu besuchen, Meeresluft zu schnuppern und sich an einer idyllischen Kulisse zu erfreuen, hinter deren Fassade sie nicht wirklich blicken wollten.

Neugierige auf der Suche nach der ultimativen Sturm-Schlagzeile, heischend nach Informationen und sensationsgeil, Betroffene zu sehen und sich insgeheim daran zu weiden, nicht selbst involviert zu sein.

Ungestüm, ungeduldig und auch wütend schob er sich durch die in Gruppen stehenden Schaulustigen. Er hatte keine Zeit für Müßiggang oder Geschwätz.

„Hi Kyan", rief ihm schon von weitem sein Kindheitsfreund und versierter Schiffbauer Ronan O'Sullivan zu. „Hab dein Boot bereits zu mir in die Halle gebracht und mit der Reparatur begonnen!"

„Mo bhuíochas ó chroí, a sheanchara! Mein innigster Dank, alter Freund!", antwortete er etwas außer Atem, seinen geprellten Rippen geschuldet.

Eine kurze maskuline Umarmung von Ronan und eine Bemerkung, halb besorgt und halb neckend: „Irgendwie siehst du aus, als ob du in einer Waschtrommel gekämpft hättest."

„Ach, Alter, erinnere mich nicht daran. Sag mir lieber, wie schnell du meinen Kutter auf Vordermann bringen kannst. Weißt ja, dass ich davon abhängig bin."

Überlegend fuhr sein Gegenüber durch sein mit ziegelroten Strähnen durchzogenes kastanienbraunes Haar, murmelte vor sich hin und meinte dann: „Bis morgen Abend, dann kannst du die passende Tidenzeit noch voll ausnutzen."

„Okay, danke dir, wird schon gehen."

Es musste, auch wenn er seine Großmutter für eine ganze Nacht allein lassen würde, was er normalerweise nicht tat, da ihre labile Psyche unberechenbar geworden war.

Sie schreckte im Finstern oft aus Alpträumen auf,

rief nach Niall, ihrem verstorbenen Mann, und klammerte sich dann an ihn, wenn er an ihr Bett stürmte.

Nicht wirklich klar oder ihrer selbst bewusst.

Doch Kyan war für sie da, so selbstverständlich, wie sie ihn statt seiner Eltern groß gezogen hatte. Er würde improvisieren müssen, irgendwie.

„Ah, ein konspiratives Treffen zum Sturmkrisen-Management!“, merkte eine tiefe Stimme in seinem Rücken an.

Klar, sein Schulfreund und erfolgreicher Restaurantbesitzer Liam O'Neill war auch zur Stelle. Hoffentlich nicht mit Vorwürfen im Gepäck oder mit Beharren auf Verträgen.

Voller Missmut und Unbehagen spannte sich sein ganzer Körper an. Er konnte jetzt nicht noch mehr Komplikationen gebrauchen.

„Ganz ruhig“, murmelte Liam, legte eine Hand beschwichtigend auf Kyans Arm. „Bin nur gekommen, um meine Speisenangebote dem anzupassen, was du mir tatsächlich liefern kannst. Heftige Gewitter, jagende Stürme und peitschender Regen sind höhere Gewalt. Also relax ein wenig!“

„Klar, Chef“, lachte Kyan verhalten und zog den anderen mit sich hin zu seiner Hütte, wo er seine Ware sortierte, verpackte und für die Abholung bereit hielt.

Gott sei Dank hatten seine drei Mitarbeiter zumindest die Aquakulturen auf Schäden geprüft und Meeresfrüchte in der Morgendämmerung geerntet.

So konnte er dem Gastro-Zampano eine Auswahl an Mies-, Venus- und Jakobsmuscheln, Krabben, aber auch ein paar Hummer anbieten.

Zudem hatte er noch Lachse und Dorsche vor dem Sturm gefangen, die dank der Eisaufbewahrung völlig frisch waren.

Es war zwar weniger als üblich, doch mit dem begrenzten Verlust konnte er leben.

„Super, Kumpel“, meinte Liam, die Kisten in seinem Van verstauend, „wird schon wieder. Bin nur froh, dass du in Ordnung bist.“

Ein irritierend empathischer Blick, eine ungelenke Umarmung, ein kurzer Schlag auf den Rücken und der ansonsten stoische Mann schwang sich hinters Lenkrad und verschwand.

Kyan seufzte und machte sich auf den Weg zu Ronans kleiner Werft.

Er konnte die noch immer verweilende Menschenmenge nicht umgehen, schlängelte sich hindurch, bis Worte ihn erstarren ließen.

„Das ist doch der Mann, der den Sturm überlebt hat“, rief eine maskuline Stimme.

„Wurde regelrecht an Land geworfen, der Arme“, ergänzte nun noch ein weibliches Timbre.

Die auf ihn gerichteten Augen fühlten sich wie Pfeile an und die auf ihren Zungen lauernden Fragen prasselten bereits unausgesprochen auf ihn ein.

Flucht war sein einziger Gedanke, als eine zarte Hand nach ihm griff und ihn kräftig mit sich zog.

Weg von der sensationslüsternen Meute, dem abschätzenden Starren fremder Augen und dem Spekulationen flüsternden Mob.

Willenlos folgte er, zum Rande des Quais hin, bis er seine Retterin von der Seite ansah.

Eine zierliche, doch kräftige Figur, eine Flut an blonden Haaren.

Ein Paar blauer Augen, das seinen Blick traf – unsicher, forschend, wissend.

Kyan fühlte sich beklommen, schutzlos, entblößt. Seine Schwäche hätte ihn beunruhigen sollen, doch die unerklärliche Zärtlichkeit, die ihm entgegenstrahlte, minderte jede Verlegenheit, jede Fremdheit.

„Das hast du nach dem allen, was du ertragen hast, nicht verdient“, äußerte die Unbekannte unverblümt ihre Meinung. „Wie geht es dir denn wirklich, abseits der Sorgen um Boot und Verkaufserlöse?“

Kyan lief noch eine Strecke weiter, zu einer geschmiedeten Bank, auf die er sich erschöpft fallen ließ.

Die lauten, diskutierenden Stimmen waren zu einem leiseren Ton gemildert, dafür die Musik der Meereswellen entspannend näher.

Verwirrt fuhr er durch sein dunkles Haar, beäugte skeptisch seine Begleiterin und war hin- und hergerissen.

Zum einen hätte er sich so gerne alles von der Seele gewälzt, zum andern ängstigte ihn seine mögliche Offenheit.

Er wollte sich nicht verletzbar machen wie ein Einsiedlerkrebs beim Wechsel in ein neues Haus.

Tief holte er Luft, als ihre melodische Stimme leise erklärte: „Ich bin Muira, wohne bei einer Freundin in den Ferien in einem dieser schönen renovierten und zu mietenden Cottages jenseits der Bucht. Wir werden uns sicher in den nächsten Wochen öfters über den Weg laufen. Vielleicht magst du mir von dir erzählen, wenn du mich besser kennst.“

Sie bedachte ihn mit einem freundlichen, offenen Lächeln, wandte sich ab und wollte den Weg hügelauf erklimmen.

„Bleib“, kam es schnell, unüberlegt und drängend über Kyans Lippen.

Muira betrachtete ihn nachdenklich, setzte sich auf einen Fels gegenüber und munterte ihn wortlos auf.

Und in diesem wechselnden Blau ihrer Augen versinkend, sprudelten seine Erlebnisse, Gedanken und Sorgen aus ihm heraus.

Wie über eine geborstene Staumauer ergossen sich seine Sätze, zu lange in seinem Inneren verborgen und mit niemandem geteilt.

Und Muira hörte zu, saugte Wort um Wort in sich auf, erstaunt, berührt und ermutigt.

Als Kyan schließlich schwieg, heiser von seinem langen Reden, berührte sie kurz seinen Arm.

„Wenn du möchtest, könnte ich deiner Granny vorlesen, mich mit ihr unterhalten und auf sie aufpassen, wenn du mit dem Boot auf Fang bist. Habe sonst ja nicht wirklich etwas zu tun.“

Das Grün seiner Augen, dunkel vor Emotion und Unruhe, wandelte sich in einen etwas helleren, hoffnungsvolleren Ton und bevor er noch antworten konnte, klatschte sie verhalten in ihre Hände und blinzelte ihm schelmisch zu.

„Perfekt, dann komme ich morgen am frühen Abend zu deinem Haus!“, verkündete sie. „Jetzt muss ich mich aber beeilen, meine Freundin schätzt ihre Tea Time und mag keine Verspätung."

Damit lief sie leichtfüßig davon, einen Mann zurücklassend, der sich verstohlen über die Augen rieb, ob er dies geträumt hatte oder diese Frau real war.

Muira wollte heute nicht mehr ins Meer zurück. So machte sie sich auf den Weg, den Hügel hinauf. Bis zu dem malerischen, uralten Cottage hoch über den Klippen, ihr von Ciara geerbtes Refugium.

Verborgen, ihr geheimer Rückzugsort, von dem kaum jemand wusste, nur ihr Vater Poseidon und einige Vertraute der Familie ihrer Mutter.

Ein leichtes Zittern der Unsicherheit durchlief ihren Körper, ließ sie ein wenig schwindelig werden und schwanken.

Wenig später überblickte sie die Bucht mit ihren glitzernden Wellen und die angrenzende, saftig grüne Landschaft, begrenzt von steil abfallenden Felsen zum Meer hin. Sie sog den Frieden in sich auf und erlaubte sich, von einer kräftigen Gestalt, dunklen Haaren und faszinierenden Augen zu träumen.

Etwas berührte sie, zog sie an, rief sie.

Sollte sie nachgeben und dem folgen? Oder nicht?

Kapitel 3

Vorsichtig betrat Muira das Ufer, stieg über Steine und Sand, ließ sich langsam ins Wasser gleiten. Sollte sie von Land aus beobachtet werden, würde sie nur wie eine übliche Schwimmerin am Vormittag wirken. Erst als sie um eine Landzunge bog, stürzte sie kräftig in die Tiefe, beschleunigte ihr Tempo hin zum Palast ihres Vaters.

Längere Abwesenheit bliebe nicht unbemerkt und führte nur wieder zu lästigen Fragen. Wer? Warum? Wieso? Weshalb? Woher? Wozu? Und nichts davon wollte sie ehrlich beantworten. Sie hatte ein Recht auf persönliche Geheimnisse, nicht wahr?

Doch die letzten fünf Tage fern ihrer Meeresheimat zählten zu den schönsten Momenten ihres Lebens. Wieder so nahe ihren mütterlichen Wurzeln und deren Erbe zu sein, hatte sie geerdet und sich zugehörig fühlen lassen. Hatte Emotionen geweckt und Sehnsüchte, die sie nicht in sich vermutet hatte. Oder vielleicht auch bloß unterdrückt und geleugnet?

Kyan hatte sie seiner Großmutter als Freundin auf Besuch vorgestellt, eher beiläufig, um sie gleich unauffällig in den Tageslauf einzubinden. Oma Caitlin war begeistert und sofort zum Plaudern aufgelegt.

Ihr Enkel hatte nur die Augen verdreht und war sichtlich erleichtert von dannen gezogen.

Dann hatte sie der alten Frau beim Kochen geholfen, Wäsche aufgehängt, ein wenig im Haus aufgeräumt.

Mit verschmitztem Lächeln im Gesicht hatte Kyans Granny über seine Streiche und Eskapaden in Kindheit und Jugend erzählt. Seinen Feuereifer, mit knallgelber Farbe die Haustüre zu streichen, um die Heimkommenden wie eine Sonne zu empfangen. Nur dass sich sein Vorhaben gleich noch auf Stufen und Veranda erstreckte.

Zu guter Letzt, nachdem er schon dabei war,

hatte noch eines der vertäuten Boote eine Schönheitsbemalung in Rot und Weiß erhalten.

Sie hatten es mit Humor genommen, denn bunte Farben waren in Irland schließlich ein gewohntes Konzept und überall zu entdecken.

Seinen Tatendrang hatten Vater und Großvater dann zu ihren Gunsten kanalisiert und ihn immer mehr im Fischfang eingebunden.

Kyan konnte daher schon eher schwimmen als laufen und wurde so kräftig und blieb gesund.

Doch er hatte auch ein weiches Herz. Als er bei einem Nachbarn auf der Weide ein neugeborenes Lamm entdeckte, das nicht aufstehen konnte und von seiner Mutter daraufhin verstoßen wurde, nahm er es kurzerhand mit nach Hause. Sein Kinderzimmer wurde zum provisorischen Stall bzw. zur Aufzuchtstation und mit Geduld, Aufopferung und Hingabe gedieh das Tierchen prächtig.

Als die Erwachsenen dann vorsichtig von Rückgabe an den Nachbarn sprachen, von Schlachtung und Verkauf hinter seinem Rücken flüsterten, hatte er mit wildem Blick seine ganzen Ersparnisse an Münzen auf den Esstisch geknallt und unter Schluchzen gebrüllt:

„Níl! Níl! Nein, Caora, mein liebes Schaf wird nicht umgebracht! Ich kaufe es sofort und es wird mein Haustier!“

Die Familie hatte versucht, ihm das Konzept von Nutztieren nahe zu bringen und ihm zu erläutern, dass das Schaf größer würde. Doch er war taub für ihre Argumente gewesen. Im Herzen nur die tiefe Angst, sein liebevoll aufgepäppeltes Wollknäuel zu verlieren.

„Dann laufe ich davon, nehme Caora mit, hinauf auf die Klippen, wo es genug Futter zum Fressen hat und ihr mich nicht findet!“

Die ultimative Drohung, ausgesprochen in quälender Verzweiflung, hatte die Eltern und Großeltern mürbe gemacht.

Und so wurde das Kleine zum Hausschaf, gesellte sich am Tag zur nachbarlichen Herde, hielt mit ihnen die Grasflächen rund um die Hütten kurz und wurde einmal im Jahr geschoren. Abends jedoch trabte es zum Verschlag neben Kyans Zimmer und starb zufrieden und tief betrauert mit 15 Jahren.

Muira hatte eine Träne zerdrückt und die alte Frau umarmt.

„Er ist ein wunderbarer Junge, loyal, liebevoll, scheut keine Arbeit, ist nur sehr einsam.“

Die gemurmelten Worte hatten eine Saite in Muira berührt und gleichzeitig die egoistischen, gefühlsarmen Reaktionen ihrer Meeresverwandten in

Erinnerung gerufen. Sie spürte die beiden Seelen in ihrer Brust, mehr als je zuvor.

Am späteren Nachmittag war endlich Kyan aufgetaucht. Sein Boot war rechtzeitig repariert worden, sodass er die Zeitspanne um den Sonnenuntergang fürs Fischen nutzen konnte.

Da die Mondphase und besonders die aktuelle Gezeitentabelle günstig lagen, würde er dann wieder in der Dämmerung zu weiterem Tun aufbrechen. Mit seinem Kutter Fische jagen und danach in seinen Aquakulturen ernten und diese weiter pflegen.

Da die Touristenhauptsaison gerade anlief und die Ferien begannen, wollte Liam mehr Ware, wie er ihm kurz mittags mitteilte.

Kyans nachdenklicher Blick ruhte auf Muira, als sie die Teller befüllte und auf den Tisch stellte.

„Ist das schön, bedient zu werden“, gluckste Oma Caitlin und tätschelte die Hand ihres Enkels.

Sie war sichtbar gut gelaunt, lebhafter als sonst.

In Harmonie, mit Berichten zum Aufräumen nach dem Sturm und Umreißen der Pläne für die nächsten Tage hatten sie zu Abend gegessen. Es war nicht die Opulenz und Eleganz der Tischgesellschaft

Poseidons, nicht die vornehme Kulisse an Räumen und Möblierung, aber es war eine mit Wärme und Sympathie durchzogene Mahlzeit mit Menschen ohne Allüren oder Verstellung.

Und Muira schätzte dies ungemein.

Bevor Kyan aufbrach, verabschiedete er sich mit einem Kuss von seiner Großmutter und einem festen Händedruck von Muira.

„Danke dir, du weißt nicht wie sehr“, versicherte er ihr und vermittelte den Eindruck, er würde sie am liebsten umarmen, traute sich jedoch nicht.

Da wurde sie übermütig, stellte sich auf ihre Zehenspitzen und küsste ihn schnell auf die Wange.

„Guten Fang, straffe Leinen oder Petri Heil! Wie auch immer, komm sicher zurück“, flüsterte sie und schob ihn bei der Türe hinaus.

Beruhigt und nahezu beschwingt machte er sich auf seinen Weg.

Die erste Nacht war ruhig verlaufen, beide Frauen hatten gut geschlafen.

Kyan kam kurz vorbei zum Frühstück. Der Porridge schmeckte ihm wesentlich besser in charmanter Gesellschaft und er wäre gerne länger geblieben. Doch mit Bedauern musste er sich zu seinen Aquakulturen begeben.

Muira half wieder im Haushalt, las dann jedoch Caitlin sowohl aus den beiden Zeitungen, ‚The Irish Times‘ und ‚Irish Independent‘, als auch dem von ihr so geliebten Buch ‚Irish Fairy Tales‘ von William Butler Yeats vor.

Mit einem gewissen Kribbeln freute sie sich auf das zeitige Abendessen. Als Kyan dann die Küche betrat, stolperte ihr Herz und Hitze stieg von ihrem Bauch in ihren Kopf auf. Himmel, sie würde doch nicht Farbe aufziehen!

Der Gemüse-Rindfleisch-Eintopf duftete köstlich und Kyan machte sich mit großem Appetit darüber her. Bereitwillig erzählte er alle erhaschten Neuigkeiten, ein wenig Klatsch über Nachbarn noch dazu.

Muira lauschte hingerissen, ließ seinen tiefen Bariton über sich rieseln und beäugte verstohlen seine langgliedrigen Hände. Wie würden sich diese auf ihrer Haut anfühlen? Wie seine Arme, um ihre Mitte geschlungen? Diese Lippen, sich jetzt um eine Gabel schließend, würden – außer dem servierten Stew – wonach schmecken? Nach Salz, Meer und Freiheit?

Sein Körper, groß, schlank und durchtrainiert, roch nach frischer Seeluft, Zedernholz-Seife und einer Duftkomposition aus Jasmin, Sandelholz und Amber. Sie könnte in diesen Wohlgeruch hineinkriechen, sich darin niederlassen und für lange Zeit verweilen, vielleicht sogar für ewig.

Muira rief sich zur Ordnung, ihn nicht wie ein Dessert mit sabberndem Mund anzustarren. Schwierig, aber machbar.

Als sie den Blick hob, sah sie etwas Heißes, ja Hitziges in seinen Augen. Unterdrücktes Begehren, aufflackernde Leidenschaft, nur gebändigt durch Erziehung, die Umstände und die Gegenwart von Caitlin.

Dafür sollte sie dankbar sein, sonst hätte sie womöglich ihren Impulsen nachgegeben und sich in seine Arme geworfen – ganz von Eros getriebene Halbgöttin des Meeres. Stattdessen machte sie sich daran, die Küche aufzuräumen und Geschirr abzuwaschen. Genug Gelegenheit, um Ausgeglichenheit zurückzuerlangen, zumindest nach außen hin. Erleichtert atmete sie aus, als Kyan sich für die Abendausfahrt seines Bootes verabschiedete.

Beide Frauen gingen bald zu Bett, doch nur wenig später wurde Muira durch leise Schreie, verzweifeltes Keuchen und unterdrücktes Schluchzen geweckt. Alarmiert sprang sie auf und stürzte zu Caitlin.

„Ryan und Roisin, wieso seid ihr fortgegangen? Niall, warum hast du mich verlassen? Warum nur? Du hast versprochen, mich ewig zu lieben und auf Händen zu tragen. Nun bin ich allein, so lange schon. Du fehlst mir so sehr? Wo bist du? Niall, komm zurück, komm in meine Arme."

Das heisere Stammeln, das leise Klagen und verzweifelte Flüstern schwebten durch den Raum, brachen sich an Mauern und Tür und konnten doch nicht durchs Fenster ins Freie, um in die Nacht zum Himmel zu fliegen.

Ihre Hilflosigkeit angesichts dieses Elends zwang Muira die Tränen in die Augen.

Was tun? Kurzerhand kuschelte sie sich neben Caitlin, schloss sie in ihre Arme, streichelte über ihr Haar und ihren Rücken.

„Sch, alles ist gut. Deine Lieben sind bei dir. Spürst du es nicht? Du kannst sie nicht sehen, aber fühlen. Sie sind nie fern von dir. Glaub daran!."

Muira wiederholte die Worte, wieder und wieder, wie ein Mantra.

Dazu summte sie leise eine Melodie, die aus der Tiefe ihrer Erinnerungen emporstieg, als sie klein und an ihrer Mutter Brust geschmiegt lag. Ihre Laute formten sich zu einem Gesang, zu Worten, die sich in ihr Herz eingegraben hatten, offenbar unvergesslich.

Toora, loora, loora, Toora, loora, li, Toora, loora, loora, Hush now don't you cry, Toora, loora, loora, Toora, loora, li, Toora, loora, loora, It's an Irish Lullaby.

Over in Killarney, many years ago
My mother sang this song to me
In tones so sweet and low
Just a simple little ditty
In her good old Irish way
And I'd give the world if I could hear her
Sing that song this day
Singin' Toora, loora, loora, Toora, loora, li, Toora, loora, loora, Hush now don't you cry,
Toora, loora, loora, Toora, loora, li, Toora, loora, loora, It's an Irish Lullaby. Dah Dah Dah….
Oft' in dreams I wander, to that cot again,
I feel her arms a-huggin' me,
As when she held me then,
And I hear her voice a-humming to me,
As in days of yore,
When she would rock me fast asleep,
Outside the cabin door.
Toora, loora, loora, Toora, loora, li, Toora, loora,

loora, Hush now don't you cry, Toora, loora, loora, Toora, loora, li, Toora, loora, loora, It's an Irish Lullaby.

Leise verklang Muiras Stimme.

Caitlins Atem wurde entspannter, gleichmäßiger. Ihre verkrampften Finger lockerten sich und sie glitt in einen nun ruhigen Schlaf.

Doch die Meereselfe, die ihre Träume bewachte, lag nachdenklich im Finstern.

Es gab, wie es schien, solch große Liebe, tief, unerschütterlich, allumfassend, selbstlos und hingebungsvoll.

Weil sie angesichts ihres allzu oberflächlichen Umfelds daran nicht glaubte, hatte sie das Bedürfnis danach verspottet, abgewiesen und für sich negiert.

Jetzt in der Nacht, an die Decke starrend, wo mondhelle Lichtstreifen im Takt der Wellen tanzten, eroberte eine tiefe Sehnsucht ihr Herz.

Ein unbändiges Verlangen nach Nähe, Verständnis und Geborgenheit.

Ein wilder Hunger nach Zärtlichkeit und Leidenschaft.

Ein vehementes Bedürfnis nach Wärme, Sicherheit und Gewissheit.

Die menschliche Hälfte in ihr zitterte über diese

Erkenntnis und die drängenden Emotionen, während die göttliche Hälfte spottete und sie für ihre Widersprüchlichkeit auslachte.

Zerrissen und müde schloss sie die Augen, bis ein leises Türschnappen sie abrupt weckte.

Kyan stand formatfüllend im Rahmen und beäugte besorgt die Szenerie.

Muira richtete sich vorsichtig auf, um die alte Frau in ihrem nun erholsamen Schlaf nicht zu wecken. Verließ das Bett und schlich ihm leise voran in die Küche.

„Sie hatte einen Alptraum oder vielleicht auch einfach nur Seelenpein, die sich in weinenden Klagen, heiseren Fragen und erbarmungswürdigen Schluchzern entluden."

„Gut, dass du bei ihr warst und sie trösten konntest", schluckte Kyan bedrückt.

„Ich hab nicht viel gemacht, fühlte mich so unzulänglich in meiner Hilfestellung. Hab mich einfach zu ihr gelegt und sie meine Nähe spüren lassen, dass sie nicht allein ist, aber Trost, erleichternden Zuspruch konnte ich ihr, glaube ich, nicht schenken."

Verzagt sah sie zu ihm auf und fand sich plötzlich an seine breite Brust gedrückt wieder.

Sanft streiften seine Lippen ihr Haar, beugten

sich tiefer und flüsterten in ihr Ohr: „Du warst an ihrer Seite, als ich es nicht konnte. Hast sie nicht allein gelassen. Das ist alles, was zählt."

So standen sie für Minuten da, ohne Worte, nur den Herzschlag des anderen überdeutlich spürend. Eine Wärme, geteilt, sich ausbreitend und in einen Kokon hüllend, mehr Fragen als Antworten hinterlassend.

Bis ein resigniertes Seufzen und ein zitterndes Luftholen die Intimität brachen und sie zurückholten in eine fordernde Gegenwart.

Als dann noch schlurfende Schritte durch den Flur wanderten, war der Zauber des Moments, dieser Augenblick der Perfektion gebrochen.

Sie hatten sich dem Alltag zu stellen, ohne Romantik, nur den Erfordernissen untergeordnet.

Der Rest des Tages verlief ereignislos, in der gleichen Routine wie zuvor. Eine entspannte Nacht schloss sich an und ein arbeitsreicher Tag folgte.

Sich notgedrungen an ihre familiären Bande erinnernd, erwähnte sie an diesem Abend, dass sie mit ihrer (angeblichen) Freundin am übernächsten Morgen in die Hauptstadt aufbrechen würde, zum Einkaufen, ins Theater, in Museen, zu Konzerten.

Die erschrockenen, fast panischen Blicke von Oma Caitlin und Kyan brachten sie dazu, umgehend hinzuzufügen, dass sie ja in ein paar Tagen wiederkommen würde und nicht aus der Welt wäre.

Muira versuchte sich danach an einem zuversichtlichen, aufmunternden Lächeln und einer Fröhlichkeit, die sich nur wie Lüge anfühlte.

Sie konnte nicht die Wahrheit über sich erzählen. Noch nicht, vielleicht auch nie.

Bedächtig näherte sich Muira dem Seitentor des Meerespalastes, das sie immer benutzte.

Geataí, der permanente Torwächter, ließ sie mit einem Augenzwinkern anstandslos passieren. Dafür drückte sie ihm einen großen Krug Ale in die Hand.

Und im Wegdrehen ließ sie noch eine goldene Münze in seine Tasche gleiten. Man könnte es Bestechung nennen, sie bezeichnete es als vorauseilende Geste der Dankbarkeit.

Dann begab sie sich zum Musikzimmer, wo sie einigen Nymphen und Nixen Unterricht gab, im Singen, Flöten- und Harfe-Spiel.

Die erklingenden Töne unterbanden beherzt jegliche neugierige Nachfrage nach ihrem Verbleib. Sie war ja jetzt hier und das sollte genügen.

Nur ganz tief in ihr merkte ein rebellischer Geist

an, dass dieser Palast, sein Herrscher und seine Bewohner, nicht ihre einzige Option war. Nein, tatsächlich war sie das nicht. Und der aufmüpfige Gedanke zauberte ein kleines Lächeln in ihr Gesicht.

Kapitel 4

Muira, die zarte Meereselfe mit dem silberhellen Haar und dem mintgrün schimmernden Gewand, dehnte langsam ihre Glieder, die auf einem wohlig weichen Bett aus Seetang geruht hatten. Ganz nahe dem Platz ihrer Sehnsucht und ihres Versprechens. In Rufweite von Granny Caitlin und ihrem den Herzschlag beschleunigenden Enkel Kyan.

Sobald sie sich erholt hätte, würde sie ihren Plan zu ihrem Wiederauftauchen verfeinern und starten.

Sie war noch müde, obwohl sie mit ihrer großen Familie letzte Nacht zwar euphorisch, jedoch nicht allzu lange mit den vom Sturm aufgewühlten Wellen um die Wette getanzt hatte.

Ihre Schwestern hatten sich, Königsblau oder

Türkisgrün gekleidet und die tintenschwarze, blonde oder rote Mähne offen wehend, in wild steigernder Ekstase in einen lustvollen Reigen des Jagens und Haschens gestürzt. Und ihre weißen Spitzenschleppen waren unkontrolliert um ihre sich drehenden Füße gehüpft, bis sie sich nach kurzem Verweilen auf den Steinen des nahen Ufers wieder in die Tiefe warfen.

Der Ball der Meereselfen hatte ihre Verwandten Woge um Woge und Welle um Welle in einen Rausch versetzt und sie gierig, teils spielerisch, teils vernichtend, nach jedem Gegenstand, der sich in ihrem Weg befunden oder sich in ihre Bahn getraut hatte, schnappen lassen. Nun waren sie erschöpft und hatten sich zum Schlaf niedergelegt, eine trügerische Ruhe spiegelglatten Wassers hinterlassend.

Zum Glück für die Menschen und die Natur hier in der Irischen See, ihrem mittlerweile Lieblingsteil des Ozeans, waren weder ihre Brüder noch ihre Verehrer Teil der Party gewesen. Ansonsten wären die Folgen der üblichen Besäufnisse, Kraftprotzerei und Rangeleien der Meeresmänner unüberschaubar und fürchterlich gewesen, wie erst vor kurzem gehabt.

Das Unheil kam immer davon, wenn sich Halbgötter, Thronfolger, Prinzen und höherer Adel

Gefechte und Ringkämpfe um Positionen, Stellungen und Macht in der Hierarchie des Meeres lieferten. Und keine Gelegenheit dafür war ihnen zu blöd, keine Verlobung, keine besondere Geburtstagsfete, kein Hochzeitsball oder kein spezielles Jubiläum.

Muira konnte nur stets wieder den Kopf darüber schütteln. Sie verstand ein solches Verhalten noch immer nicht. Vielleicht weil sie nicht ganz dazu gehörte, sondern nur zum Teil. Die Hälfte von ihr war unleugbar menschlich, denn ihre Mutter Ciara war eine wunderschöne irische Prinzessin gewesen.

Vorsichtig glitt Muira durch die Flut, kletterte dann auf einen einladenden Felsen und ließ die Sonne auf ihr hüftlanges Haar scheinen. Nein, sie konnte diesen überbordenden Enthusiasmus der Bewegung, ja sogar Vernichtung nicht aufbringen.

Nicht mehr, seit sie Kyan, dem jungen Fischer mit dem walnussbraunen Schopf, dem großen, muskelbepackten Körper und dem wie gemeißelt wirkenden Gesicht näher gekommen war.

Und sich, wenn sie absolut ehrlich zu sich war, in ihn verliebt hatte.

Ein Blick in seine farngrünen Augen, voller Kampfgeist, unterdrückter Angst und absoluter Verwunderung. Ein paar Tage in seiner Nähe – und es war um sie geschehen. Ihr Herz hatte neben ihm wie wild gepocht und eine alles verzehrende Wärme war durch sie hindurchgerauscht.

Es war ihr Geheimnis, quälend innig, den Alltag verklärend und letztlich vollkommen hoffnungslos, müsste sie sich doch zwischen Menschsein und Gottheit entscheiden. Das schaffte sie nicht. Oder vielleicht doch? Ihr entkam ein tiefes Aufstöhnen, ein kaum verhaltenes Schluchzen und Träne um Träne bahnte sich ihren Weg über ihre blasse Haut.

Plumps, plumps, plumps, drang es an ihr Ohr und wieder plumps, plumps.

Leicht ärgerlich über die Störung ihrer Ruhe und ziemlich ungehalten über die Unterbrechung ihrer Tagträume suchten ihre Augen nach dem Quälgeist.

Da war nur ein einsames Mädchen, das mit gleichmäßiger Bewegung kleine Steine ins Wasser warf. Wie um damit auch eine Last, die sie trug, von sich wälzen zu können oder den aufgestauten Frust kraftvoll abzubauen. Unbemerkt schlich Muira sich an und flüsterte leise: „Warum machst du das?“

Erstaunt schauten große, blaugraue Augen auf das zierliche Meeresgeschöpf, ohne einen Hauch von Furcht oder Verwunderung, als ob es ganz natürlich wäre, als Menschenkind einer Elfe gegenüberzustehen.

Beim genaueren Hinsehen bemerkte Muira die Traurigkeit in dem Blick und die Müdigkeit im Gesicht, das die Züge älter, reifer, beinahe erwachsen wirken ließ.

„Ich muss das tun, weil ich das, was ich eigentlich machen möchte, nicht kann – nämlich davonlaufen, vor dem ewigen Streit zwischen meinen Eltern und ihren rüden, gehässigen Worten, die sie sich jede Nacht an den Kopf werfen und dabei glauben, ich würde es nicht hören, weil ich schliefe."

Die Kleine seufzte und wischte sich in einer verlorenen Geste die eine Träne von der Wange, die sich trotz aller Beherrschung aus den Augenwinkeln gestohlen hatte.

„Wie heißt du denn? Und wo wohnst du?", fragte Muira und streichelte in Gedanken das fuchsrote Haar ihres Gegenübers.

„Ich bin Aeryn und das ochsenblutfärbige Haus dort drüben ist unseres."

„Und weil Vater und Mutter sich zanken, kannst du keinen Schlaf finden", konstatierte das durchscheinend wirkende Meereswesen und vernahm ein „Hhhmm" als Antwort.

Dann zeichnete sich plötzlich eine

Entschlossenheit in ihrem Gesicht ab, die kaum zu dem engelsgleichen Äußeren passen wollte.

Wozu bin ich zur Hälfte eine Elfe?

Ich kann den Menschen auch Gutes tun und darf mich des Nachts ungehindert in ihrer Welt bewegen, denn da war die Gefahr, im gleißenden Sonnenlicht zu Nichts zu vertrocknen, nachhaltig gebannt.

Mit diesem Wissen war sie zumindest aufgezogen worden. Doch da sie sich erst kürzlich ohne große Beschwerden mitten unter Menschen bewegt hatte, stellte sie diese behauptete Maxime mittlerweile in Frage.

„Ach, süße Aeryn, was hältst du davon, wenn ich abends zu dir ans Bett komme und dir eine Geschichte erzähle, bis ein Traum dich abholt und zur Ruhe begleitet?"

Fragend waren Muiras blauschimmernde Augen auf das Mädchen gerichtet, in dessen Miene sich jetzt zage Hoffnung und sachte Freude ausbreitete.

„Ja, das wäre wunderschön", flüsterte das verbitterte Menschenkind und fügte noch ein „bitte" an, wohl, weil es sich daran erinnerte, was aus Höflichkeit zu tun war.

„Abgemacht, dann komme ich heute Abend zu dir", versicherte die Meereselfe und verschwand leise und lautlos in dem Blau der Wellen, bis ihr glänzendes Haar und ihr schimmerndes Kleid konturlos mit ihrer Umgebung verschmolzen. So, als ob sie nie da gewesen wäre.

Und Muira hielt Wort.

Kaum senkte sich die Dunkelheit über die Bucht und die sie umgebenden grünen Hügel, näherte sie sich dem etwas abseits stehenden Haus. Unbemerkt betrat sie es, hörte streitende Stimmen aus dem Wohnraum. Beherzter schritt sie vorwärts und setzte sich bald vorsichtig neben das Bett von Aeryn, die sie sowohl zweifelnd als auch sehnsüchtig schon erwartet hatte.

Zärtlich strich die herzensgute Elfe über das im Zwielicht eher kupferrot scheinende Haar und schloss dem Mädchen die Augenlider über dem jetzt Dunkelblau der Iris.

Dann begann sie mit leiser, einschmeichelnder Stimme zu erzählen: „Cian O'Donnell war ein junger Bursche aus Connaught, sehr groß und kräftig, den seine Kumpel Devil Donny nannten. Nichts schien er zu fürchten, weder einen Gang über einen Friedhof um Mitternacht, noch eine Runde durch die verruchtesten Viertel der Gegend. – Als er einmal in der Grafschaft Limerick umherfuhr und auf dem Weg nach Kilmallock an einer Tankstelle Halt machte, traf er auf einen Mann mit einem roten Aston Martin. Sie kamen ins Gespräch, und Cian O'Donnell fragte ihn, was er denn an diesem Abend noch so vor hätte.

‚Ach, nicht allzu viel', erwiderte dieser, ‚aber ich fahre jetzt zum Fuß des Knockfierna und steige auf diesen hinauf.'

‚Zur Hölle, was machst du denn mitten in der Nacht auf einem Berg?', fragte O'Donnell fassungslos.

‚Da gibt's eine Party, Techno, Rave oder so etwas in der Art, vielleicht auch Geister', antwortete der Fremde mit einem Augenzwinkern.

‚Stoff, bunte Pillen und Ströme von Alkohol trifft's wohl eher', lachte Cian.

‚Schrei nicht so, braucht ja keiner sonst zu hören', mahnte der Fremde, ‚könnte dir sonst schlecht bekommen. Hier, kannst austrinken.'

Damit reichte er O'Donnell eine kleine Flasche, stieg in sein Auto und fuhr grußlos davon.

‚Party, abshaken, Musik dröhnen lassen und einige Red Bull-Whisky oder Bier mit Limonade. Nun, warum nicht? Und die Geister werde ich schon nicht kommen lassen', murmelte O'Donnell vor sich hin, trank das süßliche Gesöff aus und folgte unauffällig dem Fremden. Zuerst mit seinem Auto, und dann zu

Fuß. Cian verlor ihn zwar aus den Augen, stapfte aber den leicht ausgetretenen Pfad durch den Wald nach. Heiß wurde ihm schließlich, schwindelig und die ungewohnte Anstrengung ließ ihn keuchen. Als er auf dem Gipfel ankam, hörte er Musik, zuerst noch gedämpft und dann immer lauter, je näher er einer Höhle kam. – In der Finsternis klopfte ihm jemand auf die Schulter, grölte ihm Unverständliches ins Ohr und drückte ihm eine weitere bunte Flasche in die Hand. – O'Donnell nahm einen kräftigen Schluck und das kühle Getränk breitete sich so angenehm in seinem Magen aus, dass er den ganzen Inhalt auf einmal leerte. Wärme stieg ihm in die Adern und sein Kopf glaubte zu schweben. Die Höhle begann sich zu drehen und lauter kleine Kobolde tanzten lachend um ihn, gefolgt von weißen Riesen mit klauenartigen Händen und geisterhaftem Krächzen. Abgelöst dann von zierlichen Elfen in wallenden Gewändern und mit Trommeln in ihren Händen sowie einem sirenengleichen Singen. Sie lächelten ihn verführerisch an, hoben die Röcke und lockten ihn mit langsam tiefer rutschenden Dekolletés. Zungen leckten einladend über rote Lippen und Finger fuhren antörnend über weibliche Kurven. Dazu klopfte der Takt des Schlagzeugs einen immer schnelleren Rhythmus. – Cian schloss die Augen, ergab sich der

Versuchung und öffnete ausladend die Arme, um zu fliegen, hob ab in unendliche Weiten. Als er wieder zu sich kam, lag er in einer morgentaufeuchten Wiese, ohne Lederjacke, ohne Geld, ohne Smartphone und auch sein Auto war weg. Nur wüst pochende Kopfschmerzen, quälende Übelkeit und wütender Frust waren geblieben."

Muira schwieg für einige Momente, strich über ein paar lose Strähnen, die auf dem Kopfpolster vor ihr lagen und flüsterte weiter: „Siehst du, Aeryn, es ist zwar gut, nicht ständig in Angst vor Geistern oder allem Schlimmen, was dir zustoßen könnte, zu leben, denn dann hat diese Furcht weniger Gewalt über dich. Aber nimmst du gar keine Rücksicht auf die Gefahren, die lauern können oder glaubst nicht einmal, dass dir etwas passieren kann, dann bist du sehr unklug. Egal, ob du männlich, weiblich, Kind oder Erwachsener bist. Sei tapfer, aber vorsichtig. Freundlich, aber nicht vertrauensselig. Und glaube immer, dass es mehr gibt, als du mit deinen Augen sehen kannst."

Muira blickte auf die müde blinzelnde Aeryn und hauchte ihr einen zarten Kuss auf die Stirn. „Nun schlaf, meine Süße, morgen komme ich wieder", flüsterte sie und verschwand lautlos in die Nacht.

Und auf der Fensterbank blieb eine kleine

Wasserlacke zurück, nicht süß wie der Regen, sondern salzig wie das Meer.

Kapitel 5

Leise schlich sich Muira davon. Es war nicht so spät, sicher könnte sie bei den O'Connors noch vorbei schauen.

Unversehens stand sie vor dem Häuschen, klopfte sachte an Kyans Fenster. Ihr Puls klopfte aufgeregt.

„Was ist denn jetzt wieder?", kam es hinter dem sich öffnenden Flügel hervor, bis sich eine verstrubbelte dunkle Mähne und eine ungehaltene Miene ins Freie schoben.

„Muira", flüsterte der verstörend attraktive

Mann. „Du bist zurück!“

„Ja, der Ausflug hat ein wenig länger gedauert, doch nun bin ich wieder hier.“

Himmel, so beiläufig ihre Worte, dabei wäre sie am liebsten in seine Arme gesprungen. Ihr Herz schien sich auf Wettkampfniveau zu beschleunigen, ihre Handflächen wurden feucht. Was konnte sie sagen, das nicht zu viel ihrer Gefühle verriet?

Gott sei Dank fiel ihr Aeryn ein.

„Ich könnte wieder des Nachts bei deiner Granny sein, aber erst ab etwa 22 Uhr. Davor besuche ich die kleine Aeryn und lese ihr Märchen vor.“

„Aeryn Flanagan?“, fragte Kyan.

„Ja, ich hab sie zufällig am Strand getroffen, mit ihr geplaudert. Sie ist so ein einsames Kind, vernachlässigt von ihren Eltern…“

„Da ist dein weiches Herz Sturm gelaufen“, neckte der unmögliche Mann sie, „und du hast ihr Gute-Nacht-Geschichten versprochen.“

„Nun ja, ja“, gestand Muira zögernd. „Aber danach komme ich gerne zu Oma Caitlin.“

„Dein Angebot nehme ich mehr als gerne an“, seufzte Kyan, „denn jetzt sind die Sonnenuntergänge knapp vor 22 Uhr und somit die beste Zeit für den Fang, auch weiter draußen entfernt von der Küste. Ich möchte jede Gelegenheit dazu nutzen.“

„Ich weiß“, betonte Muira, „du sorgst dich um deine Großmutter, willst ein finanzielles Polster für ihre etwaige Versorgung, sollte dir etwas zustoßen.“

„Du kennst mich schon gut, hübsche Maid,“ zwinkerte ihr der verflixte Kerl zu, bevor er ernst wurde. „Aber auch für meine Pläne zu Erweiterung, Mitarbeiterrekrutierung und Verbesserung benötige ich einiges an Ersparnissen, will nicht alles auf Pump erwerben, obwohl ich mögliche Förderungen sicher ausschöpfen werde.“

„Sehr vernünftig. Dann überlasse ich dich jetzt deinen unternehmerischen Träumen und bin morgen spätabends wieder da.“

Das freche Geschöpf warf ihm eine Kusshand zu und eilte leise lachend davon.

Ungeduldig wurde Muira bereits am nächsten Abend erwartet.

Die Augen der kleinen Aeryn leuchteten begeistert und die Erleichterung, dass sie ihr Versprechen gehalten hatte, machte sich in einem so befreiten Aufseufzen Luft.

Die Elfe machte es sich auf dem Bett bequem.

Sie beäugte die Kleine und konnte ihre Finger

nicht davon abhalten, einmal liebkosend über das seidige, rote Haar zu streichen.

„Heute werde ich dir etwas vom See Corrib erzählen“, begann Muira, atmete tief durch und sprach dann weiter: „Unweit von diesem See in der Grafschaft Galway lebte ein junges Paar, Connaire und Mairin.

Er – ein gestandener Mann mit breiten Schultern, kräftigen Armen und einem breiten Lachen im attraktiven Gesicht.

Sie – eine zierliche Schönheit mit einladenden Lippen und verführerischen Kurven.

Beide wollten bald heiraten, aber zuvor noch gemeinsam ein Haus bauen. Ihre Familien unterstützten sie und so sah ihre Zukunft positiv aus, weil auch beide Jobs hatten, die ihnen Spaß machten.

An einem schönen Sommertag ging Mairin mit einigen Mädels ihrer Clique im See schwimmen. Sie sprangen übermütig ins Wasser, tauchten und bespritzten sich gegenseitig. Ihr Gekreische und Lachen waren meilenweit zu hören.

Plötzlich war Mairin verschwunden, keine Spur. Die Mädchen riefen ihren Namen, ganz verzweifelt immer wieder, suchten die Oberfläche ab, bis sie Panik überkam und sie um Hilfe schrien.

Ein zufällig vorbeikommender Fischer warf sich

sofort in die Fluten und suchte den Grund des Sees ab. Mehrmals tauchte er hinab und ließ tastend seine Hände über den Boden gleiten, bis er den kalten Körper fand.

So schnell er konnte, zog er Mairin ans Ufer und begann sofort mit Wiederbelebungsmaßnahmen. Das Mädchen spuckte zwar Wasser und fing wieder zu atmen an, doch es kam nicht zu sich.

Wie eine Puppe, nass, kalt, aber zauberhaft lieblich, lag sie am Strand, nur ihr Brustkorb hob sich in flachen, leisen Bewegungen.

Auch den Rettungssanitätern gelang es nicht, sie wieder das Bewusstsein erlangen zu lassen. Selbst im Spital der nächsten Stadt konnten die Ärzte die Ohnmacht nicht bannen.

Wer vermag den Schmerz und die Verzweiflung ihres Freundes und der Eltern zu beschreiben! Stundenlang saßen sie am Bett der im Wachkoma liegenden Patientin, beteten, hofften, warteten.

Jeden Abend, ganz spät, ging Connaire zum See Corrib, setzte sich auf die Felsen am Ufer, wo die traurigsten Gedanken und wahnsinnige Wut sich abwechselnd seiner Seele bemächtigten und ihn in immer tiefere Verzweiflung stürzten.

Erinnerungen überfluteten ihn und Mairins Lachen verfolgte ihn.

Er starrte auf das Wasser und versicherte in beharrlichem Ton: „Sie wird nicht sterben, sie lebt und sie wird wieder das Bewusstsein erlangen. Das dunkle Grab wird nicht siegen und so eine fröhliche, positive Seele verschlingen!“

Jeden Tag die gleichen Worte, wie ein Mantra in die Nacht gerufen.

Als er nach einigen Tagen erneut am Gestade saß, rollte eine einzige weiße Welle sanft über die ruhige Oberfläche, bis knapp vor seine Füße. Er fixierte die Woge und im Vollmondlicht schien das Wasser sich zu verwandeln und lebendig zu werden.

Kleine Gestalten in prächtiger Rüstung oder langen wallenden Gewändern setzten sich in Bewegung, schwankten hin und her. Haare wehten im Wind und Melodien perlten von roten Lippen. Sie tanzten vor seinen Augen und ein sanfter Luftstrom trug feierliche Gesänge mit süßen, lockenden Tönen an sein Ohr.

Connaire hielt die Luft an, wagte nicht mehr zu atmen und blickte unverwandt auf die Erscheinung, fixierte fasziniert das Traumgebilde. Seine übermüdeten, betäubten Sinne wussten nicht, ob er sich selbst mit diesem Blendwerk täuschte oder ob irgendetwas sich wirklich vor ihm im Takt der Musik auf- und abbewegte.

Endlich, sich ermahnend und die Beklemmung abschüttelnd, murmelte er halblaut: „Herr im Himmel, rette alle Seelen, damit sie nicht verloren sind! Oh Gott, rette meine Mairin und gib sie mir zurück! Ich liebe sie, bis ans Ende meiner Tage!“

Kaum waren ihm die Worte entschlüpft, frischte der Wind auf und eine riesige Welle erhob sich und verschluckte die unheimliche Fata Morgana mit einem fremdartigen Heulen.

Während er sich noch über seine Augen wischte und überlegte, ob er womöglich eingeschlafen wäre und alles nur geträumt hätte, läutete plötzlich sein Smartphone.

„Mairin ist aufgewacht und fragt nach dir“, klang es ihm entgegen.

„Ich komme, ja, komme sofort!“ entrang es sich mühsam seiner Kehle.

Connaire betrachtete die wieder unbewegte, dunkle Wasserfläche, den Mond über sich und die funkelnden Sterne. Mit einem stillen Gebet als Dank auf seinen Lippen stand er auf und eilte zu seiner Liebsten, seiner bezaubernden Mairin.“

Leise verklangen die Worte Muiras und sie glaubte schon, das kleine Mädchen wäre eingeschlafen.

Da vernahm sie ein Wispern: „Glaubst du, dass

so eine Liebe länger halten kann und nicht im Streit endet wie bei meinen Eltern?“

„Ja, Aeryn, das glaube ich. Wir müssen nur den Willen und die Hoffnung darauf festhalten und dürfen nie die schönen Zeiten vergessen und die Enttäuschung oder den Frust siegen lassen. Nie darf Liebe in Hass umschlagen.“

„Danke, Muira, ich bin müde. Gute Nacht! Und bis morgen! Du denkst doch an mich?“

„Sicher, meine kleine Aeryn, ich werde dich nie vergessen. Gute Nacht!“

Vorsichtig strich die Elfe über die zugefallenen Lider, küsste wie ein Hauch die Stirn des Mädchens und entschwand mit leisem Flüstern in die Nacht.

Getreu ihrem Versprechen, klopfte sie bald darauf an Kyans Tür.

Lächelnd öffnete Caitlin und schloss die junge Frau liebevoll in die Arme.

„Wie schön, dass du wieder da bist!“

Dann marschierte sie in die Küche, holte die Teekanne zum Tisch und schenkte ihnen beiden je eine Tasse ein.

Muira erzählte von der Hauptstadt, soweit sie

sich von früheren Besuchen her daran erinnerte, erwähnte ein bestimmtes Konzert und eine besondere Ausstellung. Ihr Wissen aus der Zeitung stammend oder aus den Gesprächen, die sie sorgfältig lauschend in ihrem Gedächtnis speicherte.

Als die alte Frau ein paar bissige Bemerkungen zu Nachbarn abgab, war das wie ein Stichwort für Muiras Neugier.

„Sag' mir, was weißt du denn über die Flanagans?"

„Hhmm, also, wenn du mich fragst", zögerte Granny Caitlin.

„Bitte sei ehrlich, ich hab das kleine Mädchen zufällig kennengelernt. Sie tat mir so leid, wirkte so verlassen und in sich gekehrt. Ich hab ihr versprochen, jeden Abend vorbeizukommen und ihr eine Geschichte, ein Märchen zu erzählen."

„Du hast ein weiches Herz, wie mein Junge", murmelte die Alte und tätschelte die Hand der Meereselfe. Dann holte sie sich aufraffend tief Luft.

„Es ist eine ehrenwerte Familie, seit Generationen hier beheimatet, fleißige Bauern zumeist, einige auch Fischer, nicht wirklich reich, aber auch nicht arm. Leider hatten sie nur eine Tochter, ein bildhübsches Mädchen mit leuchtend roten Haaren und dem dazu passenden

Temperament. Sie besuchte eine Privatschule, wurde in allem gefördert. Und dann verliebte sie sich in einen Schiffsingenieur, der für eine Reederei tätig war. Es war Liebe auf den ersten Blick, explosiv, leidenschaftlich und überwältigend. Viel zu schnell waren sie verheiratet und ein Baby unterwegs. Das kleine Mädchen band sie ans Haus, was dem Mann nicht so viel ausmachte, da er sowieso für sein Unternehmen unterwegs war. Sie aber fühlte sich vernachlässigt, abgeschlossen vom Leben, das sie früher so genossen hatte. So sah man sie bald im Pub, auf Festen und mit Freundinnen in der Stadt. Ihr Gatte kam immer seltener ins Dorf, hatte wohl Ambitionen höher hinaus."

Ein bedauerndes Seufzen kam über ihre Lippen, gefolgt von einem resignierenden Schulterzucken.

„Das Kind wurde in der Großfamilie aufgezogen, lief einfach mit. Vermute, die alte Leah, eine gutmütige, sich gerne aufopfernde Seele hat sich vor allem um das Mädchen gekümmert."

„So traurig", kommentierte Muira, „bin froh, dass ich spontan das Richtige versprochen habe."

„Das hast du, gewiss. Dann lass uns jetzt zu Bett gehen."

Und während die Elfe beim offenen Fenster hinaus aufs Meer starrte, zu dem sie dringend zurückkehren sollte, schlugen ihre Gedanken zarte, aber beharrliche Wurzeln an Land.

Kapitel 6

Der Morgen begann mit Arbeit in der Küche und daran anschließend einem gemeinsamen Frühstück.

Als Kyan den Raum betrat, strahlten die Augen seiner Großmutter voller Freude auf und jede Geste zeugte von der tiefen Liebe, die sie für ihn empfand.

Muira beneidete sie für diese Gewissheit und ließ sich doch bereitwillig in die Harmonie und wärmende Hülle der Zuneigung der beiden hineinziehen. Es war eine Versuchung, sich dieses Idyll für jeden kommenden Tag ihres Lebens vorzustellen.

Eine Hoffnung und Sehnsucht, die sie quälten.

Fast panisch flüchtete sie bald darauf, eine Entschuldigung wegen ihrer Freundin murmelnd.

Doch sie stürzte sich nicht in die Fluten, die ihr sonst Klarheit, Kühle und Sicherheit boten, sondern wanderte hinauf zu ihrem Cottage.

Dort betrachtete sie lange das Bildnis ihrer Eltern, rief sich intensiv alle Eindrücke mit ihrer Mutter an Land und mit ihrem Vater Poseidon und dessen Entourage im Meer in Erinnerung.

Das faltige, noch immer schöne Gesicht von Ciara, die Hingebung in ihren Augen, wenn sie von ihrem Vater sprach, das langsame Dahinwelken in Krankheit, bis der Tod mehr Erlösung als Schrecken war.

Auf der anderen Seite der kraftvolle Gott, langsam nur alternd, jede Furche mehr achtunggebietend als verunstaltend, mehr Stolz auf die Frucht seiner Lenden als innige Liebe für sie.

Die mahnenden Worte der absoluten Endlichkeit, des bloßen Menschseins, der verlorenen Privilegien rumpelten durch ihr Gedächtnis, sollte sie sich dazu entschließen, für immer auf der Erde zu bleiben und einen irdischen Mann zu lieben.

Eine unmögliche Entscheidung, eine unumkehrbare, doch drängend wie Feuer in ihr.

Sie setzte sich ans offene Fenster, im Blick die sanft anrollenden Wellen dort und das saftige Grün der Weiden, Sträucher und Bäume hier. Die Harfe ihrer so begabten Mutter Ciara in Händen, begann sie zu spielen.

Bekannte Melodien, uralte Weisen und neue Tonfolgen, aus ihrer tiefsten Seele sprudelnd, woben sich durch die Luft, wehten fort.

Würden sie mit einer hilfreichen Antwort zu ihr zurückschweben?

Als es Zeit war, schritt Muira zurück ins Dorf, um ein kleines Mädchen nicht zu enttäuschen und einem jungen Fischer seine Sorge leichter zu machen.

Wer war sie schon, um sich als Halbgöttin und bis jetzt so bevorzugt vom Schicksal darüber zu beklagen, einmal eine Verpflichtung, wenn auch eine freiwillige, zu haben?

Aeryn lümmelte schon ungeduldig und fast missmutig an ihrem Betthaupt.

Doch ein leises Lachen, ein kumpelhaftes Zwinkern und ein flüchtiges Streicheln der Meereselfe über ihr Haar besänftigten sie.

Muira öffnete das mitgebrachte, in schweres Leder gebundene Märchenbuch. Die Kanten waren abgewetzt, die Seiten zerknittert vom Alter, aber der Inhalt voller Geschichten, nahe der Realität, völlig erfunden, kaum zu glauben, aber unter die Haut gehend, oft berührend, manchmal Angst einflößend und immer phantasievoll.

Ihre Hand strich die Blätter glatt, dann begann sie leise vorzulesen: „Irgendwo in Irland starrte eine Frau, namens Sullivan, in das Bett ihres jüngsten Sohnes. In einer einzigen Nacht war ihr gesundes, blauäugiges Baby zu einem armen Wicht, der unaufhörlich schrie, ja heulte, zusammengeschrumpft.

Sie fürchtete instinktiv, die Elfen hätten heimlich ihren Sohn gestohlen und ein anderes Kind an seine Stelle gelegt. Alle Anzeichen schienen ihren Verdacht zu bestätigen.

Unglücklich erzählte sie allen Nachbarn davon, die sie darin bestärkten, dass ihr eigener Nachwuchs ohne Zweifel sich nun beim stillen Volk befände und dafür gegen eines von diesem getauscht worden wäre.

Wohl oder übel musste sie glauben, was die anderen ihr versicherten, nichts desto trotz wollte sie keines der ihr anempfohlenen Mittel anwenden. Denn obwohl sein Gesicht verwelkt und sein Körper fast zu einem Gerippe abgemagert war, so besaß es doch eine gewisse Ähnlichkeit in den Zügen zu ihrem Kind. Sie konnte es einfach nicht über sich bringen, das Kleine lebendig auf einen glosenden Rost zu legen oder mit einer glühenden Zange seine Nase zu zwicken oder es gar über Nacht in den Schnee neben dem Weg zu legen. Oder irgendetwas anderes Unmenschliches an beiläufig vorgeschlagenen Maßnahmen umsetzen. Selbst wenn sie dafür wieder ihr eigenes Kind zurückerhielte.

So quälte sich Frau Sullivan Tage weiter, bis sie eines Morgens einer weisen Frau, unter dem Namen ‚Graue Lene' in der Gegend wohl bekannt, begegnete. Diese hatte angeblich die Gabe, woher auch immer, vorauszusagen, wo der Tod umgehe und was für die Ruhe der armen Seelen gut sei. Sie konnte, der Fama nach, Warzen und Kröpfe heilen und so manches andere Wunder dieser Art vollbringen.

Scharf musterte die alte Lene Frau Sullivan und meinte: „Ihr seht heute so trübselig aus, verzweifelt sogar. Was ist passiert?"

„Kein Wunder, dass ich voller Sorgen bin. Mein eigenes entzückendes Kind wurde mir ohne weiteres aus der Wiege gestohlen und durch ein winziges, hässliches, eingeschrumpftes Ding ersetzt.

Das waren die Elfen, ganz sicher!"

„Oh, ich verstehe", meinte die alte Frau, „aber seid Ihr auch gewiss, dass dies auf die Kappe der Elfen geht?"

„Ganz, ganz sicher, zu meinem Leidwesen. Kann ich nicht meinen eigenen Augen trauen? Jedes wahre

Mutterherz müsste an meiner Stelle so fühlen."

Ihr Gegenüber bedachte die unglückliche Mutter mit einem seltsamen, geheimnisvollen Blick, während sie freundlich meinte: „Wollt Ihr einen Rat einer alten Frau annehmen? Auch wenn Ihr mich womöglich töricht nennt?"

„Kann ich mein eigen Fleisch und Blut zurückerhalten, Lene?", kam es voll tiefer Emotion zurück.

„Wenn Ihr tut, was ich Euch sage," erwiderte die Alte verschmitzt, „so werdet Ihr es erfahren." Frau Sullivan schwieg, Erwartung und Ungeduld in ihrer Miene.

Salbungsvoll fuhr Frau Lene fort und erklärte nun präzise: „Setzt einen Kessel mit Wasser über das Feuer, bis es siedet. Dann holt ein Dutzend frisch gelegte Eier, schlagt sie auf, nehmt die Schalen und den Rest schüttet ihr weg. Danach werft ihr die Schalen in den Topf mit dem kochenden Wasser und sogleich werdet Ihr erfahren, ob dies Geschöpf euer eigenes Kind ist oder das einer Elfe. Seid Ihr aber überzeugt, dass es sich um einen Wechselbalg handelt, dann nehmt die glühende Feuerzange und stoßt sie dem Ding in seinen garstigen Rachen. Ich versichere Euch, es wird Euch keinen Verdruss mehr machen."

Entschlossen ging Frau Sullivan heim, befolgte

genau die Anweisung der alten Lene. Sie schichtete genug Torf auf, schürte das Feuer, hing den Kessel darüber und brachte das Wasser darin zum Sieden und Sprudeln.

Zu ihrem Erstaunen lag das Kind still und ruhig in der Wiege, riss jedoch die Augen, funkelnd wie Sterne in einer Winternacht, weit auf, als es zur Feuerstelle blickte.

Es sah aufmerksam zu, als Frau Sullivan die Eier aufschlug und die Schalen ins siedende Wasser warf.

„Was macht Ihr da, Mutter?“, fragte es und klang dabei wie ein alter Mann.

Frau Sullivan war plötzlich zumute, als ob ihr der Atem genommen würde, als sie ihr vermeintliches Kind so sprechen hörte. Doch sie konzentrierte sich darauf, das Eisen in die Glut zu legen und antwortete knapp, ihr Erstaunen unterdrückend: „Ich braue, mein Sohn.“

„Und was braut Ihr, Mutter?“, kam postwendend die Gegenfrage. Was nur seine Abstammung von Elfen untermauerte, in diesem Alter die unnatürliche Gabe des Sprechens zu besitzen.

‚Ach, wäre nur das Eisen schon glühend!‘, dachte Frau Sullivan, doch das erforderte einige Zeit und so beschloss sie, ihr Gespräch aufrecht zu erhalten, bis das Eisen so weit wäre, durch seine Kehle zu fahren.

Um Zeit zu schinden, wiederholte sie daher die Frage: „Du willst wissen, was ich braue, mein Söhnchen?“

„Ja, Mutter,“ klang es sonor zurück, „was braut Ihr?“

„Eierschalen, mein Sohn!“

„Ach,“ rief das kleine Teufelchen laut aus, richtete sich in der Wiege senkrecht auf und schlug die Hände zusammen. „Ich bin fünfzehnhundert Jahre auf der Welt und habe noch nie gesehen, dass man Eierschalen braut!“

Inzwischen war das Eisen glühend geworden. Beherzt ergriff es die Frau, eilte damit zu der Wiege.

Doch in ihrer Hast glitt sie mit dem Fuß aus, stürzte und das Eisen flog aus ihrer Hand, rutschte in die andere Ecke des Hauses. Sie jedoch raffte sich flugs auf, machte einen Sprung zur Wiege hin, verzweifelt entschlossen.

Sie würde den verwünschten Balg ins kochende Wasser werfen.

Doch abrupt hielt sie in der Bewegung inne, konnte ihren Augen kaum trauen. In dem weichen Bettchen lag ihr eigenes Kind, selig schlummernd, die runden Ärmchen um das Kopfkissen geschlungen. Sein Gesichtchen war so entspannt, als ob nie etwas seine Ruhe gestört hätte, und seine Brust bewegte sich in sanften Atemzügen.

Wer kann ermessen, was eine Mutter fühlt, die auf ihr schlafendes Kind blickt?

Noch dazu eine, die ihren verloren geglaubten Knaben wiedererhielt.

Stille Tränen rannen ihr in Strömen über die Wangen und sie gab sich keinerlei Mühe, diese zurückzuhalten, denn sie weinte vor Freude.

„Bitte noch eine Geschichte!“, bettelte Aeryn mit vor Aufregung geröteten Wangen.

Schnell sah Muira auf ihre Uhr. Eine Geschichte würde sich noch zeitlich ausgehen.

Sie blätterte durch die Seiten, erinnerte sich an die verschiedenen Märchen, bis sie sich entschied.

„Nun gut, meine Süße, eine weitere ausnahmsweise.“

Sie räusperte sich, konzentrierte sich auf den Text und begann: „Wenn man aus der Stadt Cork geht, unweit der Galgenwiese, liegt ein großer See, auf dem sich winters das Volk mit Schlittschuhlaufen ergötzt, aber die Lust über dem Wasser ist nichts in Vergleich mit der, die darunter ist, denn auf dem Boden dieses Sees stehen Gebäude und Gärten, die prächtigsten, die man je gesehen.

Wie sie dahin kamen, hat sich folgendermaßen zugetragen:

Lange bevor ein sächsischer Fuß irischen Grund betrat, lebte ein großer König Namens Corc.

Sein Schloss stand da, wo jetzt dieser See ist, in einer grünen, meilenbreiten Au. Mitten im Burghof befand sich ein Springbrunnen mit so reinem, klarem Wasser, dass es an ein Wunder grenzte. Der König freute sich gewaltig, eine solche Besonderheit in seinem Schloss zu besitzen.

Als aber die Leute in Scharen herbei kamen, von nah und von fern, das köstliche Wasser dieses Brunnens zu schöpfen, fürchtete er, dass es mit der Zeit versiegen könnte.

So befahl er, eine hohe Mauer rundherum zu bauen, wollte niemanden mehr zu der Quelle lassen.

Das war ein großer Schaden vor allem für die armen Leute, die in der Gegend wohnten.

Sooft aber er selbst Wasser brauchte, sandte er seine Tochter hin, es zu holen. Nur ihr vertraute er den Schlüssel zu der Quelltüre an, keinem seiner Diener, aus Besorgnis, sie könnten etwas davon abzweigen.

Eines Abends feierte der König ein großes Fest. Viele Fürsten waren zugegen, Grafen und Edelleute ohne Zahl. Das ganze Schloss war voll Herrlichkeit. Freudenfeuer stiegen in die Wolken auf, der Tanz drehte sich und so süße Musik erklang dazu, dass sie die Toten aus ihren Gräbern hätte wecken mögen. Speisen standen für jeden bereit, der hereinkam und niemand wurde von dem Schlosstor zurückgewiesen. Jedem rief der Pförtner „Willkommen, herzlich willkommen!“ entgegen.

Nun geschah es aber, dass bei diesem großen Feste auch ein junger Prinz erschienen war, lieblich von Ansehen, so schlank und gerade, wie sich ihn nur ein Auge wünschen könnte zu erblicken.

Recht lustig tanzte er den Abend lang mit des alten Königs Tochter, federleicht und die Füße so elegant setzend, dass es allgemeine Bewunderung auf sich zog. Die Musikanten spielten aufs Beste, um einem solchen Tanz Ehre zu machen.

All jene drehten sich und wirbelten, als stünde ihr Leben auf dem Spiel.

Nach dem Ball folgte das Abendessen. Der junge Prinz saß neben seiner schönen Tänzerin und sooft er mit ihr sprach, lächelte sie ihm zu. Er richtete aber sein Wort lange nicht so oft an sie, als sie sich wünschte, denn er musste sich viele Male zu der Gesellschaft umdrehen und für die Komplimente danken, die seiner schönen Tischgefährtin und ihm gemacht wurden.

Mitten in der Mahlzeit sagte einer von den sehr

großen Herren zu dem König Corc: „Verzeiht, Eure Majestät, alles ist hier im Überfluss, Essen und Getränke, was das Herz sich wünschen mag, nur kein Wasser.“

„Wasser“, betonte der König mit Wohlgefallen darüber, dass jemand das forderte, woran absichtlich Mangel gelassen worden war. „Wasser sollt Ihr gleich haben und von so köstlicher Art, dass ich die ganze Welt auffordere, ein gleiches vorzuweisen. Tochter“, rief er bestimmend, „geh, hole welches, in dem Goldeimer, den ich dazu habe machen lassen.“
Die Königstochter, welche Fior Usga (Springwasser) hieß, schien eben nicht zufrieden damit, heute vor so vielen Leuten diese gemeine Hausarbeit zu übernehmen. Sie wagte nicht, ihres Vaters Geheiß zu widerstreben, aber sie zögerte, auf den Boden schauend. Der König, der seine Tochter sehr liebte, merkte ihre Verlegenheit und es tat ihm leid, dass er Diener-Arbeit vor den Gästen von ihr begehrt hatte, doch sein königliches Wort durfte er nicht zurücknehmen, wollte er nicht seine Autorität untergraben.

So sann er auf ein Mittel, sie trotzdem dazu zu bewegen, dass sie das Wasser holte, und verfiel auf den Gedanken, der Prinz, ihr Tischnachbar, solle sie begleiten.

Mit lauter Stimme sagte er: „Meine Tochter, mich wundert nicht, dass du dich fürchtest, allein auszugehen so spät in der Nacht. Der junge Prinz dir zur Seite, hoffe ich, wird dich begleiten."

Der Prinz hörte das mit Vergnügen und den Goldeimer an die eine Hand nehmend, mit der anderen die Königstochter aus dem Saal führend, zog er die Blicke aller Gäste auf sich.

Als sie zu dem Wasserbrunnen im Schlosshof kamen, sperrte die schöne Usga das Tor sorgfältig auf, bückte sich mit dem Goldeimer, um das Wasser zu schöpfen, doch das Gefäß wurde ihr zu schwer, sodass sie das Gleichgewicht verlor und in den Brunnen stürzte.

Vergeblich versuchte der junge Prinz sie zu retten, denn das Wasser stieg und stieg so gewaltig, dass es schnell den ganzen Innenhof überflutete. Außer sich eilte er zurück zum König.

Das Brunnentor war jedoch offen geblieben und das lange weggeschlossene Wasser, froh über die erlangte Freiheit, rauschte unablässig herbei, stieg jeden Augenblick höher und höher.

Es erreichte den Festsaal so schnell wie der junge Prinz selbst, und zwar dermaßen geschwind, dass er, wie er versuchte mit dem König zu reden, bald bis zum Hals im Wasser stand.

Der Länge nach stieg das Wasser schließlich zu solcher Höhe, dass es die ganze grüne Au, in welcher des Königs Schloss lag, erfüllte.

Und so wurde der jetzige See von Cork gebildet.

Doch der König und seine Gäste ertranken nicht, auch nicht seine schöne Tochter, Prinzessin Usga.

Die darauffolgende Nacht nach dem schreckensvollen Ereignis kehrte sie unversehrt zum Festgelage und dem Prinzen zurück.

Und seitdem gehen jede Nacht das Fest und der Tanz auf dem Boden des Sees weiter.

Weiter und weiter, so lange, bis es einem gelingt, den Goldeimer herauszuholen, der die Ursache des ganzen Unheils war.

Niemand kann bezweifeln, dass dieses Urteil über den König deswegen gefällt wurde, weil er den Brunnen im Schlosshof den armen Leuten verschlossen hatte.

Wer aber der Sage nicht glaubt, gehe hin an den See, wenn das Wasser niedrig und in Helligkeit getaucht ist. Dann wird er mit scharfen Augen die Turmspitzen des Schlosses und andere Häuser in der Tiefe erblicken.

Vielleicht oder vielleicht auch nicht."

„Das war schön", murmelte Aeryn, umarmte Muira in einer unbeholfenen Bewegung und kuschelte sich tiefer in ihr Bett, bereit, von Elfen und feschen Prinzen zu träumen. „Gute Nacht, bis morgen!“

Kapitel 7

Noch ganz die Märchen im Kopf und überlegend, welche Geschichte sie am nächsten Abend der einsamen Aeryn vorlesen könnte, bemerkte Muira nicht, dass das Haus der O'Connors von der Ferne ganz dunkel wirkte.

Erst als sie klopfen wollte, fiel ihr auf, dass nur schwach ein Lichtschein aus dem Zimmer von Caitlin drang.

Sie pochte an die Tür, nichts. Sie rief den Namen der Großmutter, keine Reaktion. Besorgt drückte sie die Klinke hinunter, Gott sei Dank, wenigstens nicht zugesperrt.

Da hörte sie es, der unverwechselbare Klang einer Harfe.

Mit Bedacht näherte sie sich, spähte durch die halb geöffnete Türe. Die alte Frau saß in ihrem Schaukelstuhl, die Augen geschlossen und in ihre Musik versunken.

Die zögernde Meereselfe schob sich still in den Raum, setzte sich auf den Boden, den Rücken an den Türrahmen gelehnt. Dann ließ sie die Musik in sich einrieseln, dachte an ihre Kindheit zurück und versank in der Vergangenheit.

Genauso wie die Harfenistin, die ihre Gefühle, teils längst verloren, teils immer noch aufwühlend in Tönen zum Leben erweckte.

All der Schmerz, aber auch die freudvolleren Tage, die verblichene Hoffnung und die quälende Sehnsucht flochten Melodienbänder durch die Luft. Flogen davon und kamen verändert in die Seele zurück.

Stunden vergingen, in denen Muira dann doch ihrer Müdigkeit nachgegeben und sich auf der Türschwelle zusammengerollt hatte. Sie döste dahin und Note um Note umfing sie, umschlang ihr Herz, bis es schmerzte.

Granny Caitlin jedoch spielte, mit kurzen Pausen, weiter und weiter, vergraben in ihrer eigenen Welt der Erinnerungen und umhüllt von ihrer Musik wie in einem Kokon des Trostes.

Als zaghaft im Osten die Dunkelheit wich, der Himmel sich vorsichtig mit Helligkeit kleidete und der Mond sich dezent zurückzog, war Caitlin in ihrem bequemen Stuhl eingeschlummert, die Harfe neben ihr an die Wand gelehnt.

Ein aufmerksames Bellen aus der Ferne weckte Muira. Verschlafen rieb sie sich die Augen, krabbelte auf alle Viere und stand dann langsam auf. Die unbequeme Liegehaltung hatte sie steif gemacht. Sie bewegte Schultern und Arme, kreiste mit dem Kopf, dehnte ihren Rücken.

Behutsam breitete sie die Quiltdecke über die Schlafende, schlich auf Zehenspitzen zur Tür hinaus und schloss sie ganz leise.

Keine Sekunde zu früh, denn gleich darauf betrat Kyan das Haus, frische Luft und Meeresduft mit sich bringend.

Schnell legte sie ihren Finger an die Lippen, um ihm zu bedeuten, möglichst lautlos zu sein.

“Was ist?“, flüsterte er prompt.

Sie schnappte seinen Arm und schleifte ihn geschwind in die Küche.

„Deine Oma hat fast die ganze Nacht auf der Harfe gespielt. Sie hat mich nicht kommen hören und auch danach keine Notiz von mir genommen.“

Kyan warf ihr einen verlegenen Blick zu.

„Das macht sie von Zeit zu Zeit. Danach ist sie viel ausgeglichener und zumeist belastbarer.“

Hilflos zuckte er mit den Schultern, auch nicht klüger als die Ärzte, die er mit seiner Großmutter konsultiert hatte. Diese hatten sich an Erklärungen, vergleichbaren Fällen und lateinischen Begriffen versucht, aber nicht wirklich helfen können.

Von posttraumatischer Belastungsstörung über psychische Beeinträchtigung hin zu Alzheimer bis zu typischer Alterserscheinung gingen die Vermutungen. Alles nicht wirklich hilfreich, vor allem da er seine Oma nicht mit unnötigen Psychopharmaka vollstopfen wollte.

Sie kamen auch so irgendwie über die Runden. Nur mit Muira war alles leichter, das konnte er sich insgeheim eingestehen.

„Na, dann werde ich mich einmal am Porridge versuchen“, zwinkerte ihm die übernächtig wirkende Blondine zu.

„Ich helfe dir“, kam prompt das Angebot von Kyan.

Und so werkten die beiden einträchtig miteinander in der Küche an ihrer Morgenmahlzeit. Sie plauderten oder schwiegen, alles im Einklang.

Als sie dann gemeinsam am Tisch saßen, hatte das Ganze nicht nur den Anflug von Routine, sondern von einer Häuslichkeit, die sie beide lange vermisst hatten.

Kyan zögerte seinen Aufbruch zum Hafen hinaus, weil er gerne Muiras melodiöse Stimme hörte. Sie gab ein paar Kindheitserinnerungen preis. Kleine Begebenheiten wie eine wunderschöne Puppe als Weihnachtsgeschenk, die ihr innig geliebter irischer Wolfshund als Beute missverstanden hatte. Mit treuherzigem Blick hatte er vor ihr Sitz gemacht, das helle Blondhaar des Spielzeugs aus seinem Maul hängend. Und weil er damit wie ein tierischer Weihnachtsmann ausgesehen hatte, war sie in Lachen ausgebrochen statt in Tränen, hatte ihn umarmt und eben mit dem ramponierten Ding vorliebgenommen.

Muira hingegen, zwiegespalten wie nie in ihren Empfindungen, hätte am liebsten den ganzen Tag in seiner Nähe verbracht, wäre zu den Aquakulturanlagen mitgefahren und auch zum Fang aufs Meer hinaus.

Nur um die gemeinsame Zeit zu dehnen und keine Entscheidung treffen zu müssen. Doch sie konnte nicht ewig so lavieren, obwohl die Versuchung in Form von funkelnden grünen Augen und einem roten Haarschopf namens Aeryn mächtig war.

Die Ankunft einer Nachbarin, die sich stets

regelmäßig um Caitlin kümmerte, beendete ihr Zaudern. Sie wünschte einen erfolgreichen Tag und verabschiedete sich bis zum Abend.

Doch ihre Schritte führten Muira nicht zum Ufer der Bucht, wo sie ungesehen im Meer abtauchen konnte. Nein, sie wanderte gemächlich durchs Dorf, grüßte einige Bekannte, plauderte mit ihnen und beobachtete den Alltag der anderen.

Sie besah sich das Kaleidoskop des Lebens vor ihren Augen und versuchte, sich inmitten dessen vorzustellen.

Wäre sie hier auch bloß eine Randerscheinung wie in der maritimen Unterwassergesellschaft? Oder würde sie gemeinsam mit Kyan zu einem geschätzten Teil des Ortes?

Welchen Job könnte sie erledigen, der zum Familienbudget beitrüge? Welche Vita müsste sie erfinden, die die Neugier der Leute befriedigte, aber die Wahrheit verbarg?

Und war es tatsächlich Liebe, die in ihrem Herzen zu wachsen begonnen hatte? Und nicht nur Verlangen oder Triebe? Wie konnte sie es wissen, wenn sie niemanden zu fragen vermochte?

Resigniert wegen der unzähligen Probleme, schlenderte sie weiter – den gewohnten Pfad zu ihrem idyllischen Hideaway, jenen Zufluchtsort, der sie nicht nur mit ihrer Mutter, sondern mit diesem Landstrich verband. Es waren Wurzeln, stabiler als sie je gemerkt hatte. Sie gingen tief und ankerten fest im Boden, trieben nicht lose in Meereswellen oder schufen eine unsichtbare Rangordnung.

Das Atmen wurde ihr leichter, je höher sie auf die Klippen stieg. Die unfassbare Weite vor ihr und der schier endlose Himmel über ihr zogen sie magisch an, zu bleiben. Wenn die Winde schwiegen, die Vögel zur Ruhe kamen und die Wogen lautlos plätscherten, dann gab es hier eine Stille, besänftigend und aufwühlend gleichermaßen, die sich nahtlos in ihr ausbreitete und ihr Ruhe, Frieden brachte.

Hier gab es kein Achtgeben auf Intrigen, kein Ausweichen vor Übermut, kein Verstecken vor Neid oder sogar Hass wie in ihres Vaters Reich. Dort unten dürften ihre Zurückhaltung, Vorsicht und sachte soziale Distanz nicht nachlassen, niemals, und das Jahr um Jahr in menschlichen Dimensionen gesehen.

Ein Schaudern durchfuhr sie.

Sie würde immer zu schwach sein, um Unheil zu verhindern oder die ausufernden Gelüste der Gottheiten und ihrer Verwandtschaft zu bremsen. Mit gebundenen Händen würde sie dem Chaos und Verderben zusehen müssen, wie bisher. Waren doch ihre bescheidenen Hilfestellungen bestenfalls marginal.

Und wozu das alles? Für Unsterblichkeit, die gleichzeitig eine Leere und Orientierungslosigkeit in ihr festschrieb.

Hier stand sie und stellte dies infrage. Wankend noch in ihrem Entschluss, bis sich wie von unsichtbarer Hand die Saiten der Harfe bewegten.

Die Meereselfe schloss die Augen, sah ihre Mutter vor sich, liebevoll lächelnd und fühlte die Musik in sich ausdehnen. Wie ein Echo oder eine flüsternde Melodie hörte sie die Worte: „Ich will nur, dass du glücklich und zufrieden bist in deinem Leben. Egal wie, egal mit wem, nur geh deinen Weg."

Plötzlich erfüllte Muira eine vollkommene Ruhe, die sich von innen nach außen entfaltete, Frieden versprach, Klarheit und Einsicht.

Ein zitterndes Lächeln der Zuversicht erhellte ihr Gesicht, obwohl gleichzeitig Tränen lautlos fielen.

Mit neuem Mut und voller Energie marschierte sie hinab und zielstrebig zu Aeryns Haus.

Beschwingt eilte Muira ins Zimmer des Mädchens, nur um sich abrupt zu bremsen, als sie die Kleine in ihre Kissen schluchzend vorfand.

Mitleid überwältigte sie so stark, dass sie die Arme fest um den zarten Kinderkörper schlang, ihn an ihre Burst drückte und beschwichtigende Küsse im Haar verteilte.

„Mo stoirín, mein Schatz, was ist passiert?“

„Rotschopf, Karottenkopf und Feuerfuchs haben sie mich verspottet“, kam es hicksend, „meine Mutter eine Hure genannt und meinen Vater einen Hallodri und Säufer geschimpft, immer wieder, immer lauter, bis der Schulbus anhielt und ich flüchten konnte. ‚Ginger‘ haben sie mir nachgebrüllt und ihr hämisches Lachen hat mich verfolgt. Sicher hat mich einer von ihnen beim Weglaufen fotografiert und stellt das Bild mit erniedrigenden Kommentaren online.“

„O Gott, du Ärmste“, die Meereselfe war ratlos. Am liebsten hätte sie die Namen der mobbenden Kinder erfahren und wäre strafend mit allen einer Halbgöttin verfügbaren Mitteln über sie gekommen.

Doch würden diese verbalen Rabauken, von körperlicher Gewalt nur mehr einen kleinen Schritt entfernt, bei Sturm, Blitz, Donner und Hagel auch den Zusammenhang mit ihrem absichtlichen

Schikanieren und Ausgrenzen von Aeryn sehen und verstehen? Wohl kaum.

Da hätte es einer couragierten Mutter und eines engagierten Vaters, vielleicht auch einer einsichtigen Lehrkraft bedurft.

Aber begannen nicht ohnehin in Kürze die Sommerferien?

Muira überlegte fieberhaft, ob Kyan eventuell eine Lösung wüsste. Oder Oma Caitlin? Die süße Aeryn wäre eine Aufgabe für sie. Sie könnte die alte Frau aufmuntern und Sinn in ihrem Alltag stiften, sie mehr im Hier und Jetzt verankern.

„Ich werde mir etwas einfallen lassen, mein Mädchen", murmelte die Elfe und hoffte, nicht wortbrüchig zu werden.

Dann richtete sie das Kind auf, sah ihm ernst in die Augen.

Beinahe beschwörend versicherte sie: „Du bist zum einen etwas Besonderes, denn nur ein bis zwei Prozent der Menschen auf der ganzen Welt haben rote Haare. Zum andern jedoch bist du hier weder ein Freak noch eine Ausnahmeerscheinung, denn in Wales, Schottland und Irland ist jeder zehnte Bewohner rothaarig."

Skeptische Augen musterten Muira, schlossen sich kurz, um dann trotzig zu werden.

„Eigentlich gefallen mir meine Haare und Granny Flanagan sagte erst unlängst, ich würde ein hübsches Mädchen werden und allen Männern den Kopf verdrehen, trotz meiner Ginger/Ingwer-Haare und Sommersprossen."

„Na, siehst du, genau, was ich meine", lachte glockenhell die Meereselfe.

„Am besten, du erwiderst ihnen ‚Gott sei Dank, hab ich kein fahles Blond oder fades Braun auf meinem Kopf, sondern Feuer, das euch noch verbrennen wird!' das nächste Mal, wenn sie sich lustig machen."

Endlich huschte ein Lächeln über das Kindergesicht, doch ein Rest an Skepsis blieb. Das Unbehagen, in den diversen Sozialen Medien verunglimpft, bloßgestellt und noch mehr zur Außenseiterin zu werden, saß tief in dem modernen Menschenkind.

Da mussten andere helfen, Leute mit Expertise im Mobbing-Bereich. Kyan würde Weiteres wissen.

Erschöpft vom Weinen, schmiegte sich Aeryn in ihre Kissen, erwartungsvoll Muira anblickend.

„Lies' mir eine Geschichte vor, bitte, damit ich auf andere Gedanken komme."

Bedächtig blätterte die Elfe in dem großen Buch, einmal vor, einmal zurück, bis ihre Finger still hielten und sie, sich verhalten räuspernd, zu sprechen anfing.

„Es war einmal ein armer Mann, der im fruchtbaren Tal von Acherlow am Fuße des finsteren Galti-Berges lebte. Auf dem Rücken hatte er einen großen Höcker, der aussah, als wäre er ihm den Körper hinauf geschoben und auf seine Schultern gelegt worden. Durch dessen Wucht wurde sein Kopf so tief herunter gedrückt, dass sich im Sitzen sein Kinn auf seine Knie stützte.

Die Leute in der Gegend hatten eine gewisse Scheu, ihm allein oder an einem einsamen Ort zu begegnen. Dabei war der Kerl so harmlos und friedliebend wie ein Neugeborenes.

Doch seine Verunstaltung war so groß, dass er kaum wie ein menschliches Wesen aussah. Prompt hatten boshafte Leute seltsame Geschichten über ihn verbreitet und erzählten, er besäße große Kenntnis über Kräuter und wisse um Zaubermittel. Tatsache war jedenfalls, dass er geschickte Hände hatte, mit denen er Hüte und Körbe aus Stroh und Binsen flocht und sich auf diese Weise auch sein Brot erwarb.

‚*Fingerhütchen*‘ war sein Spottname, weil er stets auf seinem kleinen Hut einen Zweig vom roten Fingerhut (Digitalis purpurea), vom Volk auch als

Elfenkäppchen wegen der angeblichen Ähnlichkeit der Blüten mit den Mützen der Elfen bezeichnet, trug. Für seine gefertigten Unikate erhielt er manchen Groschen mehr als andere, weshalb aus Neid einige wohl wunderliche Geschichten über ihn in Umlauf brachten.

Wie auch immer, eines Abends ging Fingerhütchen von der Stadt Cahir nach Cappagh. Da er wegen des lästigen Höckers auf dem Rücken nur langsam vorankam, war es schon dunkel, als er am alten, rechter Hand seines Weges liegenden Hünengrab von Knockgrafton anlangte.

Niedergeschlagen von der Aussicht, dass noch eine so weite Strecke vor ihm lag und er die ganze Nacht hindurch wandern müsste, setzte er sich müde und matt unter den Grabhügel, um ein wenig auszuruhen. Betrübt starrte er auf den Mond, der gerade silberhell aufstieg.

Plötzlich drang fremdartige, unterirdische Musik an seine Ohren. Fingerhütchen lauschte und dachte, er habe noch nie Entzückenderes gehört. Es war wie der Klang vieler Stimmen, die sich eine an die andere fügte, wunderbar vermischt, sodass es wie eine einzige anmutete, jede aber doch ihren besonderen Ton beibehielt.

Die Worte des Gesangs waren: ‚Da Luan, Da Mort,

Da Luan, Da Mort, Da Luan, Da Mort‘. Danach kam eine kleine Pause, worauf die Melodie von vorne wieder anfing.

Aufmerksam horchte Fingerhütchen, traute sich kaum zu atmen, um nicht den geringsten Ton zu versäumen.

Ganz deutlich nahm er nun wahr, dass der Gesang mitten aus dem Grabhügel kam. Obwohl er anfangs davon erfreut war, ermüdete es ihn nun zusehends, denselben Kanon in einem fort ohne jede Abwechslung anzuhören.

Als nun der Refrain erneut drei Mal gesungen war, benutzte er die kleine Pause, um die Melodie aufzunehmen und mit den Worten ‚Augus Da Cadine‘ weiterzuführen. Dann fiel er mit den Stimmen im Hügel ein, endete aber wieder mit seiner Wortschöpfung.

Die Kleinen in dem Hügel, als sie den Zusatz zu ihrem Geistergesang vernahmen, ergötzten sich außerordentlich daran und beschlossen sogleich, das Menschenkind hinunter zu holen, dessen musikalische Geschicklichkeit die ihrige so weit übertraf. Mit der kreisenden Schnelligkeit des Wirbelwindes wurde Fingerhütchen zu ihnen getragen.

Wie seine Augen leuchteten bei all der Pracht, als er den Hügel hinabkam, im Kreis schwebend, leicht wie ein Strohhalm, und die lieblichste Musik präzise Takt bei seiner Fahrt hielt.

Die größte Ehre wurde ihm aber erwiesen, als sie ihn oberhalb aller Spielleute setzten. Er hatte Diener, die ihm aufwarten mussten. Alles, was sein Herz begehrte, wurde erfüllt und er sah, wie gerne ihn die Kleinen hatten, wie sie ihn schätzten. Kurz, er wurde behandelt, als wäre er der erste Mann im Lande.

Da bemerkte Fingerhütchen, dass sie die Köpfe zusammensteckten und miteinander Rat hielten. Doch so sehr ihm auch ihre Zuvorkommenheit gefiel, begann er sich nun nichtsdestotrotz zu fürchten. Da trat einer der Kleinen vor ihn und verkündete:

„Fingerhut, Fingerhut! Fass frischen Mut!

Lustig und munter, dein Höcker fällt herunter.

Siehst ihn liegen? Dir geht‘s gut, Fingerhut, Fingerhut!“

Kaum war der Spruch zu Ende, da fühlte sich das Fingerhütchen so leicht, so selig, dass es wohl in einem Satz über den Mond weggesprungen wäre, wie die Kuh in einem bestimmten Märchen. Mit der größten Freude der Welt sah er den Höcker von seinen Schultern herab auf den Boden rollen. Daraufhin versuchte er, ob er seinen Kopf vielleicht in die Höhe heben könnte. Er tat es aber vorsichtig und bedächtig, aus Furcht, er könnte ihn am Tafelwerk der großen

Halle anstoßen. Schließlich wanderte sein Blick mit der größten Bewunderung im Kreis und er ergötzte sich an all den Dingen, die ihm schöner und schöner vorkamen. Zuletzt war er so überwältigt von den Ereignissen seines glänzenden Aufenthalts, dass ihm der Kopf schwindelte, die Augen geblendet wurden und er in einen tiefen Schlaf verfiel.

Bei seinem Erwachen war es längst Tag geworden. Die Sonne schien hell, die Vögel sangen und er lag am Fuße des Riesenhügels, während Kühe und Schafe friedlich um ihn her weideten. Nachdem Fingerhütchen sein Morgengebet gesprochen hatte, griff er wie gewohnt mit der Hand nach seinem Höcker, aber es war auf dem Rücken keine Spur davon zu finden. Nicht ohne Stolz betrachtete er sich in einer größeren Pfütze, war aus ihm doch ein wohlgestalteter, beweglicher Bursche geworden. Zudem welch‘ große Überraschung, er sah sich von Kopf bis Fuß in neuen Kleidern, im Bewusstsein, dass die Geister ihm diesen Anzug besorgt hatten.

Nun machte er sich weiter auf den Weg nach Cappagh. Dabei ging er flott und sprang bei jedem Schritt, als wenn er es sein Lebtag nicht anders gewohnt gewesen wäre. Niemand, der ihm begegnete, erkannte Fingerhütchen ohne den Höcker, sodass er große Mühe hatte, die Leute zu überzeugen, dass er es wirklich wäre. Denn in der Tat, seinem Aussehen nach war er nicht mehr der Gleiche.

Wie es aber zu gehen pflegt, die Geschichte von Fingerhütchens Höcker wurde überall bekannt und aufgebauscht. Meilenweit in der Gegend redete jedermann nur von dieser Begebenheit.

So saß eines Morgens Fingerhütchen vor seiner Haustüre und war guter Dinge. Da trat eine alte Frau zu ihm und sagte: „Zeigt mir doch den Weg nach Cappagh."

„Ist nicht nötig, gute Frau", antwortete er, „denn das ist hier Cappagh, aber wo kommt Ihr her?"

„Ich komme aus der Gegend von Decie in der Grafschaft Waterford und suche einen Mann, der Fingerhütchen genannt wird und dem die Elfen sollen einen Höcker von der Schulter genommen haben. Da ist der Sohn meiner Gevatterin, der hat auch einen Höcker auf sich sitzen, der ihn noch zu Tode drücken wird. Vielleicht würde er davon erlöst, wenn er wie Fingerhütchen ein Zaubermittel anwenden könnte. Nun könnt Ihr Euch leicht vorstellen, warum ich so weit hergekommen bin. Ich möchte, wenn's möglich wäre, etwas von dem Zaubermittel erfahren."

Fingerhütchen, wie immer gutmütig, erzählte der alten Frau den Hergang ganz genau in allen Details. Die alte Frau dankte tausendmal und machte sich wieder auf den Heimweg, zufriedengestellt und in Gedanken ganz glücklich.

Als sie bei ihrer Gevatterin in der Grafschaft Waterford angelangt war, erzählte sie genau, was sie von Fingerhütchen erfahren hatte.

Danach setzte diese den kleinen buckligen Kerl, der sein Leben lang ein heimtückisches, hämisches Herz gehabt hatte, auf einen Wagen und zog ihn fort. Es war ein langer Weg, aber was machte das schon aus, wenn er nur den Höcker los würde. Und eben als die Nacht einbrach, langte sie bei dem Riesenhügel an und legte den Sohn dort nieder.

Hans Madden, wie der Bucklige hieß, hatte noch gar nicht lange gesessen, da hub schon die Musik in dem Hügel an, noch viel lieblicher als je zuvor, denn die Elfen sangen ihr Lied mit dem Zusatz, den sie von Fingerhütchen gelernt hatten. Doch Hans, der nur schnell seinen Höcker los sein wollte, wartete nicht, bis die Elfen mit ihrem Gesang fertig waren. Er achtete auch nicht auf den passenden Augenblick, um die Melodie noch weiter als Fingerhütchen fortzuführen. Im Gegenteil, als sie ihr Lied mehr als siebenmal in einem fort gesungen hatten, schrie er ohne Rücksicht auf Takt, Töne und Harmonie aus vollem Halse: ‚Augus Da Dardine, Augus Da Hena'.

Wenn ein Zusatz gut war, so sind zwei noch

besser, dachte er und hatte Fingerhütchen einen neuen Anzug erhalten, so würden sie ihm wohl zwei geben.

Kaum waren jedoch die Worte über seine Lippen gekommen, wurde er aufgehoben und mit zielstrebiger Gewalt in den Hügel hineingetragen. Hier umringten ihn die Elfen, waren sehr böse, schrien und kreischten und riefen wutentbrannt: „Wer hat unsern Gesang geschändet? Wer hat unsern Gesang zerstört?“

Dann trat einer hervor und sprach:

„Hans Madden, Hans Madden! Deine Worte schlecht klangen, so lieblich wir sangen!

Hier bist du gefangen. Was wirst du erlangen? Zwei Höcker für einen! Hans Madden!“

Und zwanzig der stärksten Elfen schleppten Fingerhütchens Höcker herbei und setzten ihn oben auf den Buckel des unglückseligen Hans Madden, bis er so fest saß, als hätte der beste Zimmermann ihn mit seinen größten Nägeln eingeschlagen.

Danach stießen sie ihn mit den Füßen aus ihrer Wohnung.

Am Morgen, als Hans Maddens Mutter und ihre Gevatterin kamen, um nach ihm zu sehen, fanden sie ihn am Fuß des Hügels liegen, halbtot mit einem zweiten Höcker auf seinem Rücken.

Sie betrachteten ihn nachdenklich und beließen es dabei.

Am Ende hatten sie Angst, es könnte auch ihnen ein Höcker auf den Rücken gepflanzt werden.

Sie brachten den armseligen Hans wieder heim, betrübt im Herzen und jämmerlich anzusehen. Hans, durch das Gewicht des zweiten Höckers und die lange Fahrt erschöpft, starb bald danach, eine schwere Verwünschung an jeden ausstoßend, der auf den Gesang der Elfen horchen wollte."

Leise verklangen die Worte des Märchens.

„Könnten diesen bösen Kindern nicht auch Höcker, schiefe Nasen oder Runzeln wachsen? Vielleicht würden sie dann einsehen, was ihr Spott und ihre Beleidigungen anrichten."

Mit der belustigenden Vorstellung im Kopf und einem müden Blinzeln rollte sich Aeryn unter ihrer Decke zusammen und murmelte nur noch: „Nacht, Muira".

Sehr nachdenklich legte die Meereselfe den Weg zum Haus der O'Connors zurück, ihren Blick unschlüssig aufs Meer gerichtet. Es rief sie nicht, nicht mehr.

Kyans Großmutter erwartete sie schon, hatte ihr sogar Essen warm gehalten, da sie die Familienabendmahlzeit versäumt hatte.

Während sie den köstlichen Eintopf genüsslich verzehrte, berichtete sie von Aeryn und deren Schwierigkeiten.

Wie stets mit einem mitfühlenden Herzen gesegnet, versicherte auch sie, hier würde Kyan gewiss eine Idee zur Abhilfe haben.

Zuletzt erledigten sie Hand in Hand den Küchenputz.

Dann begaben sie sich zur Ruhe, doch ganz im Gegensatz zur alten Frau war Muiras Schlaf unruhig und von bösen Träumen heimgesucht.

Eine Vorahnung oder Warnung?

Als sie sich nur mehr hin- und herwälzte, die Decke von ihren Füßen strampelte und wie zur Strafe sofort Gänsehaut bekam, zog sie sich wieder an, sehr warm sogar.

Dann holte sie die Harfe von Caitlin, setzte sich auf die Veranda.

Das weite, sich still kräuselnde Meer und das vorsichtige Rosa eines sonnigen Morgens im Blickfeld, begann sie zu spielen.

Töne und Melodien aus ihrem Inneren strömend, alle ihre Emotionen transportierend, besser als sie es mit vielen, zumeist unzureichenden Worten vermocht hätte.

Kapitel 8

Kylan verhielt seine Schritte, als Harfentöne über das Ufer den Weg entlang zu ihm schwebten. Das war nicht seine Granny. Konnte nicht seine Mutter Roisin, die virtuos gewesen war, sein. Instinktiv wusste er, es war Muira, die ihre Gedanken, ihre Seele und ihr Herz in Melodien packte, Töne für sich sprechen ließ.

Unfähig weiterzugehen, setzte er sich auf einen kleineren Stein, den Rücken an einen größeren angelehnt.

Er hörte Zerrissenheit, Unsicherheit und Bedrängnis, die mit jedem weiteren Streichen über die Saiten weniger wurden. Ersetzt durch Sehnsucht, Hoffnung und Zärtlichkeit, die sich mit jeder Note verstärkten, bis ein Klang purer Liebe ihn erreichte, umhüllte, vereinnahmte.

Den ganzen Tag schon war er in Gedanken abgeschweift.

Die Arbeit selbst war zwar anstrengend, doch sie war zumeist Routine. Erforderte seine Aufmerksamkeit, aber nicht so sehr, dass sein Kopf sich nicht mit anderen Dingen beschäftigen konnte. Deshalb hatte er in den vergangenen Jahren vier Fernkurse der Universität absolviert, die ihm bei einem wirklichen Studium angerechnet würden.

Er hatte es als nette, jedoch absurde Information abgetan, konnte er doch weder seinen Lebensunterhalt aufgeben noch seine Großmutter allein lassen.

Dann kam ein verheerender Sturm in sein Leben gebraust, ließ ihn gebeutelt und durchgeschüttelt an Land knallen und nichts war mehr wie zuvor.

Ein faszinierendes Wesen, dessen Äußeres ihn als Mann ansprach, dessen Inneres ihn staunen machte und alle seine Sinne in Aufruhr brachte. Nein, er stellte nicht alles infrage, so unvernünftig war er nicht.

Nur wollte er plötzlich mehr. Mehr von allem.

Mehr als Unternehmer erreichen, mehr sein Wissen erweitern, mehr Nähe und Wärme gewinnen.

Die Liebe entdecken und sein passendes Gegenstück kennenlernen. Vielleicht Kinder bekommen und vom Schicksal ausgleichend ab jetzt besser behandelt werden.

Himmel, er hörte sich in seinem Grübeln wie ein Narr an, unrealistisch und träumend. Wirklich?

Die Gischt im Gesicht, die Sonne im Nacken und die Arme kraftvoll an den Netzen ziehend, waren seine Erinnerungen zu seinem Vater Ryan geglitten. Dieser hatte zwar Großvater Niall auch bei der Arbeit geholfen, doch hauptsächlich war er in der Hafenbehörde beschäftigt gewesen.

Wenn er jetzt so zurückdachte, hatte er stets einen zufriedenen Eindruck gemacht. Je turbulenter der Tag verlaufen war, umso mehr Begeisterung hatte er gezeigt. Als Fischer allein wäre er mehr als unterfordert und unglücklich gewesen.

Warum war ihm das all die Jahre nicht bewusst gewesen? Hatten ihn der Schock und die Trauer auf eine andere Art lethargisch, unwillig und rückwärtsgewandt gemacht? Nicht viel anders als seine Großmutter?

Die Sterne über ihm verblassten langsam. Der Mond zog sich als fahle, schwindende Sichel zurück.

Die Vögel räusperten sich, polierten ihre Stimmbänder und bald schon würden sie mit Freude den Morgen begrüßen, selbst wenn Räuber lauerten.

Etwas erwachte auch in ihm, Perspektive, Ehrgeiz, Aktivität, Zielgerichtetheit. Nun wollte er wirklich etwas erreichen, nicht nur mit Worten und ins Auge gefassten Projekten, sondern tatkräftig.

Er war ein Feigling, hatte seine Granny als Ausrede missbraucht, um in seinem starren Trott weiterzumachen. Dabei gäbe es selbst für ihre Situation sicher eine Lösung, er musste nur danach suchen.

Dass sein Schlüssel zu allem gerade hingebungsvoll Harfe spielte, ahnte er, wusste es tief in seinem Herzen vielleicht sogar. Nur würde sie auch wollen? Sie kannten sich erst so kurze Zeit. Doch was sagte das schon?

Seine Mutter Roisin hatte immer gerne bei Familienfeiern davon berichtet, dass sie nach dem ersten Treffen mit Ryan gewusst hätte, dass er der EINE wäre, ihr zu ihr passendes Puzzlestück.

Und sein Vater hatte genickt, dann jedoch jedes Mal ‚meine kleine Rose' in ihr Ohr geflüstert.

Nun ja, nicht gerade originell, bedeutete doch der Name Roisin genau dieses, aber es war trotzdem irgendwie niedlich gewesen. Oder ihm peinlich, wenn er an sein pubertäres Ich zurückdachte.

Und plötzlich waren sie fort gewesen.

Auf dem Weg, ihren 20. Hochzeitstag bei einem Konzert einer bekannten Harfenistin zu feiern, war ihr Schiff in einem unvorhergesehenen, sich schnell nähernden Sturm in Seenot geraten. Ein paar waren gerettet worden, seine Eltern leider nicht.

Er war von seinen Großeltern aufgefangen worden, wenn er es gebraucht hatte. Ansonsten hatte er sich gezwungen, tapfer und stark zu sein, bei seinen Freunden und in der Schule. Schwäche hatte er dort nicht zu zeigen gedurft, um nicht verspottet oder als unmännlich gehänselt zu werden. Tränen waren tabu gewesen, Trauer verpönt.

Hatte er diesen schwersten Schicksalsschlag für ein Kind erst später nach dem Tod seines Großvaters verarbeitet? Dafür tatsächlich Jahre benötigt?

Es musste so sein, denn schleichend war es wie Tonnen an Last von ihm gefallen, seit er vor kurzem den fast greifbaren Tod vor Augen gesehen hatte. Dieses erschütternde Erlebnis hatte seine mentalen Ketten gesprengt und die Freiheit eines Neubeginns geschenkt.

Würde dieses besondere Mädchen, diese so bildhübsche junge Frau seine Gefährtin sein wollen? Oder hatte sie andere Vorstellungen vom Leben? Mit einem reichen Gatten, einem tollen Job oder einem Dasein in ihrer Familie?

Nun, du Idiot, tadelte ihn seine innere Stimme, wenn du sie nicht fragst, wirst du es nie wissen. Tja, das war die Crux an der Sache. Er wollte es perfekt machen, unvergesslich schön für sie, auch wenn es sein erster Heiratsantrag wäre. Planung war alles. Er gewährte sich einen, bestenfalls zwei Tage als Vorbereitungszeit. Dann würde er die Frage aller Fragen an Muira stellen.

Um seinen Kopf klar zu bekommen, wanderte er zu dem kleinen See etwas oberhalb und stürzte sich ins Wasser.

Kapitel 9

Beinahe mit einer Disharmonie ließ Muira ihre Finger abrupt von den Saiten los. Der beginnende Morgen brachte ihr mit seiner zarten Farbenpracht nicht nur Helligkeit, sondern auch Klarheit.

Während sie spielte, ihre Gedanken ziellos in ihrem Kopf herumwirbelten und ihre Emotionen auf einer Achterbahnfahrt waren, traf sie ihre Entscheidung.

Selbst wenn ihre Liebe nicht erwidert würde, sah sie ihre Zukunft zu Lande und nicht im Wasser.

Hier fühlte sie sich gebraucht, von Caitlin und Aeryn, vielleicht auch von anderen im Ort, die sie noch gar nicht kannte.

Hätte sie eventuell die Chance, wie Kyans Mutter als Musiklehrerin zu arbeiten und Harfenunterricht zu geben? Gab es hier einen Chor oder eine Tanzgruppe, der sie beitreten könnte? Ach, so viele Ideen und Chancen. Ziele, zu erreichen und Tage, zu nutzen.

Nicht Jahrhundert um Jahrhundert an immer den gleichen Ereignissen beteiligt zu sein.

Zwar meist nur als Zuschauerin, aber mittlerweile doch angeödet von den Intrigen, Kämpfen, wechselnden Allianzen und amourösen Verwicklungen. Immer knapp an einer Katastrophe und am Abgrund, doch die Gottheiten und Halbgötter drehten sich meist einfach um, als ob sie nichts angerichtet hätten, und machten weiter wie bisher. Uneinsichtig, stur, gewalttätig, aufflammende Liebe, in Hass mündende Beziehungen.

Sicher, in vielem ähnelten die Menschen ihnen, doch war ihrem Tun oder Wüten eine Grenze gesetzt, nämlich der Tod, das unvermeidliche Ende.

Bisher hatte sie Angst davor, schreckte bei dieser absoluten Gewissheit zurück. Nun nicht mehr. Jetzt hatte sie das Bedürfnis, im Leben einen Sinn zu finden, ein Ziel anzuvisieren und das Beste aus allem zu machen, denn sie würde nur mehr Mensch sein und somit endlich.

In ihrer abgeschiedenen Bucht glitt sie ins Wasser, ließ zielstrebig Lodans Hoheitsgebiet hinter sich, stürmte vorwärts und betrat durchs gigantische Hauptportal ihres Vaters Palast. Sie durchquerte das Foyer, bog zum Speisesaal ab. Fern sah sie Poseidon an der Stirnseite sitzen, gleich neben ihm Amphitrite, die Köpfe zueinander geneigt im vertrauten Gespräch, sichtbar harmonisch und verbunden nach so langer ehelicher Gemeinschaft.

Ihre Mutter hätte nie eine Chance gehabt, seine Frau zu werden, mochte sie es sich noch so inbrünstig gewünscht haben. Nur die Geliebte zu sein und zu bleiben, hatte sie in ihrem irischen Stolz zutiefst getroffen, in ihrer Weiblichkeit verletzt. Aussichtslos und verbittert, wollte sie nicht um ihre Gesundheit kämpfen, hatte sich der Krankheit ergeben. Egoistisch, die ultimative Freiheit im Sterben zu suchen und nicht an ihr Kind zu denken, denn Poseidon hatte keine Sekunde gezögert, seine Tochter zu sich zu holen.

Trotzdem würde sie gehen, das musste ihr Vater verstehen lernen. Nun denn, zum Abschied!

Doch bevor sie noch einen weiteren Schritt zu setzen vermochte, wurde sie gewaltsam in den Morgensalon gezerrt, aber nicht ohne Gegenwehr.

Muira kämpfte wie wild gegen Feargach, die

Wütende, und entwand mit einem Ruck ihren Arm dem Griff ihrer älteren Halbschwester, die sie weiter festhalten wollte.

„Du bleibst hier, du wirst nicht zu diesem Schönling von Mensch schwimmen, um deine Kräfte zu verlieren und an Land dahinzuvegetieren“, schrie sie ihr ins Ohr.

„Nicht, wenn wir es verhindern können!“, assistierten prompt Cogaíchta, die kriegerische, und Fiáine, die wilde Schwester von ihr.

„Übrigens sollst du Daucina, einen Gott des Amerikanischen Mittelmeeres heiraten“, versetzte Feargach ihr den nächsten Hieb, „und deshalb halten wir dich bis dahin fest.“

„Nein! Ich hasse dich, euch“, schrie Muira völlig aufgebracht, „diese Überheblichkeit, Besserwisserei und Bevormundung! Ihr wollt mich nur aus dem Weg haben und darum eure Intrige.“

Ihr Brustkorb hob sich in unregelmäßigen Stößen, während ihre Stimme plötzlich beherrscht und meereskalt wurde.

„Niemals werde ich gegen meinen Willen verheiratet! Ich habe mich nicht egoistisch Kyan genähert, sondern nur die Folgen eures unbeherrschten Verhaltens beobachten wollen. Dabei konnte ich meine Hilfe sowohl Oma Caitlin anbieten, als auch der kleinen Aeryn. Jeden Abend lese ich ihr eine Geschichte vor, solange sie mich eben braucht. Bis sich die Situation mit ihren Eltern klärt und wieder halbwegs Ruhe in ihr Leben einkehrt. Und du, Feargach“, funkelte sie ihr Gegenüber zornig an, „wirst mich weder daran hindern, Gutes zu tun noch meine Freiheit einschränken! Du nicht, ihr nicht!“

Wären sie nicht im Salon des Meerespalastes gewesen, hätten Flammen aus ihren Fingern schießen können oder Dampf aus ihrem Mund.

So drehte sie sich um, fegte aus dem Raum und stapfte zielstrebig zu ihrer Kammer davon. Eile war angesagt. Wer wusste schon, wen die drei in ihre Intrige einbezogen hatten! Und alles nur, weil sie ihr ihr Aussehen, ihre königlich irische Herkunft und ihre Begabung im Harfenspiel neideten.

Während sie schnellstens den in Säckchen verpackten Schmuck und die Münzen ihrer Mutter in einen Seesack warf, ihre eigenen gesparten und verdienten Goldstücke dazugab, hörte sie Gebrüll durch die Weite der Räume schallen.

„Ihr bleibt hier! Keine folgt Muira! Lasst sie in Ruhe!“

Bis in alle Winkel trug die Stimme ihres Vaters und wurde noch eine Nuance schärfer, als er anfügte: „Das ist ein Befehl! Verstanden?“

Mit einem teils wehmütigen, teils erleichterten Blick in ihr Zimmer huschte sie geschwind davon. Kein einziges Möbelstück, keinerlei Ziergegenstand oder eines ihrer teils wertvollen Kleider würde sie mitnehmen. Das sollten die Wahnsinnigen, die zurückblieben, unter sich aufteilen.

Weg, nur weg!

Am Seitentor stand wie immer Geataí Wache, öffnete ihr schnell ohne Nachfrage. Vermutlich hatte er die ungehaltenen Befehle Poseidons bis hierher gehört.

„Du kommst nicht mehr zurück?“

Irgendwie traurig klang der riesengroße, kräftige Mann.

„Nein! Leb wohl!“, flüsterte Muira und drückte ihm noch schnell ein großes Goldstück in die Hand. Dann tauchte sie weg und mit ihrer schnellsten Geschwindigkeit davon.

Doch ihre hinterhältigen Schwestern hatten für alle Fälle Wächter außerhalb postiert.

Die flüchtende Meereselfe spürte ihre Anwesenheit eher, als sie sie sehen konnte. Bei einer schnellen Drehung bemerkte sie Laochra, einen der Krieger ihres Vaters, sehr wendig, kraftvoll und erbarmungslos. Wie viele noch mit ihm kamen, war beinahe Nebensache. Sie musste ihm entkommen.

Muira nahm Abkürzungen und Schleichwege, zwängte sich teils durch enge Spalten, in denen die muskelbepackten Männer stecken bleiben würden. Sie kannte sich hier in der Irischen See einfach besser aus.

Trotzdem holten ihre Verfolger auf. Sie sah den Strand bereits in Reichweite, müsste sich heute sogar inmitten von Menschen retten. Da hörte sie hämisches Auflachen, gefolgt von Triumphgeschrei und spürte im selben Moment Hände, die nach ihrem Saum griffen, und Finger, die sie fangen wollten.

Muira schrie, wie sie noch nie geschrien hatte, aus Leibeskräften, dass die Rippen schmerzten, und so schrill, dass man davon taub werden konnte.

Plötzlich platschte ein schwerer Körper neben ihr ins Wasser, packten stählerne Arme sie um die Taille und zogen sie an die Wasseroberfläche. Noch ein paar zügige Schwimmbewegungen, dann knirschten Steine und Sand unter ihren Füßen. Sie konnte sich nicht länger aufrecht halten.

Ausgelaugt und erschöpft, sackte sie im Flachwasser zusammen. Doch ihre Häscher waren spurlos verschwunden, hatten sofort das Weite gesucht, als ein Mensch ihre Kreise durchbrach.

Muira erkannte Kyan an seinem Geruch, musste nicht einmal die Augen öffnen. Diesmal hatte er sie gerettet.

Vorsichtig tastete sie nach ihrem Seesack. Gott sei Dank war er heil geblieben und nahezu unversehrt. Glücklich lächelnd schlug sie die Augen auf und versank in ihrem geliebten Grün.

Kapitel 10

Ganz munter war Kyan noch nicht, trotz seines Bades im See. Er war ruhelos, unkonzentriert und ungeduldig mit seiner Oma. Das hatte sie nicht verdient. Doch sie musterte ihn nur über ihren Löffel mit Porridge hinweg, schüttelte bedächtig den Kopf.

„Du bist verliebt, mo bhuachaill, mein Junge, das ist ein schlimmer Zustand, ich weiß."

„Ich liebe sie, Großmutter, seanmháthair, was soll ich machen?"

„Wenn du sie heiraten willst, dann frag sie. Sie ist ein warmherziges Mädchen, voller Mitgefühl."

„Soll ich ihr einen neuen Ring kaufen oder ein Familienerbstück geben? Vor ihr auf die Knie sinken? Blumen mitbringen? Sie bei einem Picknick am Meer fragen oder nach einem schönen Abendessen auswärts? Herrgott, ich bin völlig durcheinander, werde noch verrückt."

Jetzt kicherte die alte Frau verhalten, früher hätte sie ihn schallend ausgelacht. Plötzlich kramte sie in ihrer Schürze, fummelte ein Taschentuch heraus und nestelte etwas Winziges daraus hervor. Dann hielt sie ihm das Stück entgegen. Es war ihr eigener Verlobungsring, den zuvor schon ihre Mutter getragen hatte, beide in glücklichen Ehen geborgen.

Unvermittelt fiel ihm das Atmen schwer und er musste an der Enge in seiner Kehle vorbeischlucken. Dass seine Augen wässrig wurden, konnte er nicht verhindern, wollte es auch nicht.

„Gib ihr diesen jetzt und zur Hochzeit kannst du ihr dann einen Claddagh-Ring kaufen, aber mach es bald, denn du bist in diesem Zustand nicht auszuhalten."

Die letzten Löffel mit unziemlicher Hast in sich hinein schaufelnd, sprang er sogleich auf und stürzte zur Türe.

„Übrigens, Kyan, Blumen sind nie verkehrt, selbst eine einzelne rote Rose erzählt eine Geschichte", rief sie ihm hinterher, laut genug, dass er es noch auf den Stufen hören konnte.

Nun gut, die würde er auf dem Weg auf dem

Markt erstehen und in seinem Kühlhaus an Bord blieb sie garantiert frisch. Den Ring musste er schnell noch zu seinem Kreuz an seiner Halskette dazuhängen, sicher war sicher. Trotz allem konnte er den Tag nicht blau machen, sein Team wartete schon auf ihn.

Doch die folgenden Stunden zogen sich, die Zeiger auf der Schiffsuhr wollten einfach nicht weiterwandern. Wenigstens hatten die Fische Erbarmen mit ihm und ließen sich bereitwilliger fangen als sonst. – Mit eingeholten Netzen und zufrieden mit der Ausbeute, die ihm bei Liam wieder gutes Geld einbringen würde, wendeten sie und strebten Richtung Hafen.

Sein ältester Mitarbeiter spielte Steuermann, während er an der Reling lehnte und aufs Wasser starrte. Bereits in Rufweite des Kais, glaubte er Muira zu sehen. Litt er schon an Halluzinationen? Unter Wasser bewegte sich ein Körper wie ihrer, mit Haaren wie ihren.

Er blinzelte, konzentrierte sich auf den Schatten unter der Oberfläche. Sie wurde verfolgt. Von einem Hai womöglich? Der Schrecken fuhr unvermittelt in seine Glieder. Als er dann noch ihre markerschütternden, durchdringenden Schreie um Hilfe hörte, handelte er instinktiv.

Er durfte sie nicht verlieren, nicht jetzt, wo er sie erst gefunden hatte.

Adrenalin flutete ihn, während er seine Boots auszog, das Hemd von sich warf und sich über die Reling wuchtete.

„Fahr zum Hafen und erledige alles!", brüllte er noch im Springen seinem verdutzten Kollegen zu.

Dann tauchte er unter. Mit dem Können von über zwei Jahrzehnten im Wasser, orientierte er sich blitzschnell. Er hatte sie fast perfekt erwischt. Noch einmal kräftig mit dem Füßen getreten und schon packte er Muira um ihre Taille, hievte sie beide rasch Richtung Licht und Luft und die paar Meter weiter zum Ufer.

Von dem Jäger war in den Wellen nichts mehr zu sehen.

Ihr Körper sackte vor ihm zusammen, sie zitterte, keuchte und als sie den Kopf hob, sah er Tränenströme über ihr Gesicht laufen. Sie fummelte an einem Träger, der quer über ihren Brustkorb lief, herum.

Was hatte sie nur in dem Beutel versteckt, dass sie so besorgt darum war?

Als ihr Blick den seinen traf, vergaß er alles, was er fragen und warum er sie schelten wollte. Nur eines nicht, die erlösende Erleichterung, sie gesund vor sich zu sehen.

Bevor sie noch zu einer unwillkommenen Strandsensation wurden, trat er vor, hob sie auf seine Arme und setzte sich flott in Bewegung. Der Weg zu seinem Büro am Hafen war nicht weit. Er machte dennoch eine kleinen Umweg, um von der Rückseite her eintreten zu können und so Neugierigen auszuweichen.

Drinnen angekommen, schloss er Fenster und Türe, um Zugluft fernzuhalten. Dann griff er zu einem großen Handtuch, legte es um Muira und bedeutete ihr, die Kleider drunter abzustreifen. Sodann rubbelte er sie halbwegs trocken. Ihr wunderschönes, langes Blondhaar wrang er aus und schlang ein kleineres Tuch darum, drapierte es zu einer Art Turban.

Klaglos und ohne Mucks ließ sie seine Zuwendungen über sich ergehen. Erst dann sah sie auf. Beschämt kehrte er ihr den Rücken zu, ließ seine nasse Hose von den Beinen gleiten und schlüpfte gleich in seine Jogginghose, die auf einem Sessel lag.

Wenn er sich jetzt zu ihr umdrehte, würde sie die Folge dessen bemerken, was ihre Nähe, ihr Geruch und seine Libido ihm antaten.

Sei's drum, seine Arme kribbelten vor Sehnsucht, sie an seine Brust zu ziehen. Kaum gedacht, war sie bereits an seinen Körper gepresst und seine Lippen auf ihren.

Der abrupte Schrecken, die überstandene Angst, die geglückte Rettung – alles brach sich Bahn in seiner Eroberung von ihr.

Und sie ließ es nicht nur geschehen, sondern antwortete mit derselben Notwendigkeit, demselben Verlangen.

Gemeinsam sanken sie auf die breite Couch, entdeckten Täler, Furchen, Gräben, Erhebungen und Vertiefungen auf dem Körper des anderen. Haut drängte an Haut, rieb sich, während Finger auf Wanderung gingen.

Ihr Atem beschleunigte sich, wurde hektischer, von Keuchen und Stöhnen begleitet, bis Muira weit ihre Schenkel öffnete, um ihren geliebten Kyan aufzunehmen und mit ihm eins zu werden.

Im Rhythmus alt wie die Zeit trieben sie auf den Gipfel zu, um gemeinsam über die Klippe der Ekstase und Erfüllung zu springen. Ihre Herzen im Galopp, ihre Seelen jubelnd.

Als nach einer gefühlten Ewigkeit Gedanken wieder Platz fanden und Emotionen sich in Worte wandelten, machte Kyan spontan seinen Heiratsantrag, zog den Ring von seiner Halskette und hielt ihn Muira hin.

„Ja!“, hauchte sie und selig schob er ihr ihn auf den Finger.

„Kyan, ich muss“, sie zögerte merklich, gab sich dennoch einen Ruck und sprach weiter, „dir etwas gestehen. Ich bin nicht wie andere, ich bin halb Mensch, halb Göttin, mein Vater ist Poseidon und meine Mutter war eine irische Prinzessin. Hier würden sie mich wohl eine Meereselfe nennen.“

Und dann breitete sie ihr bisheriges Leben vor Kyan aus, ließ nichts weg, beschönigte kein bisschen und vermittelte ihm eindringlich ihren Zwiespalt, ihre Unsicherheit und Angst der letzten Wochen. Doch mit jedem Wort, jedem Blick und jeder Geste bewies sie ihm auch ihre gewachsene Liebe und Hingabe zu ihm und seiner Großmutter.

Kyan war perplex, sprachlos und nach einem flüchtigen Moment der völligen Überraschung nur mehr glücklich.

Sie liebte ihn. Diese wunderbare, einmalige Frau liebte ihn. Von so vornehmer Geburt, stieß sie sich nicht an seinem Status, welch Wunder!

Sein Kopf schwirrte, schien förmlich vor Gedanken und Gefühlen platzen zu wollen. Fest drückte er sie an sich, küsste sie innig.

„Ich liebe dich, Muira, meine Prinzessin, von ganzem Herzen.“

Als wäre dies ihr Stichwort, wand sie sich aus seinen Armen, krabbelte zu dem noch feuchten Sack und band ihn auf. Dann holte sie ein paar Säckchen heraus und legte diese feierlich vor ihn, kniete sich nieder und blickte ihn erwartungsvoll an.

„Das ist alles, was ich dir in die Ehe mitbringen kann“, meinte sie todernst. „Na ja, und das Cottage hoch oben auf den Klippen noch dazu.“

Kyan öffnete drei Beutel, zog mehrere Schmuckstücke heraus. Ein Diadem mit Kette, Armband und Ringen im dazu passenden Design voller glitzernder Diamanten und schimmernder Perlen, ein anderes Ensemble bestehend aus glänzenden Saphiren und viele weitere Einzelstücke in Gelb- und Weißgold, verziert mit Edelsteinen. In einem weiteren Behältnis offenbarten sich mehrere Handvoll Goldmünzen und eine beträchtliche Summe in Bargeld.

Er blinzelte, zwickte sich in den Arm, ob er träumte. Nein, es war Realität. Ein tatsächliches Vermögen lag vor ihm.

Doch als er in blaue Augen, weit wie der Himmel und die Farben wechselnd wie das Meer, blickte, sah er nur seinen größten Schatz: seine Frau.

Die amtliche Zeremonie und vielleicht auch jene in einer Kirche würden nur ihre persönliche Realität bezeugen, nicht mehr.

Hier und heute hatte sie sich ihm hingegeben und er sich ihr versprochen. Und er betete nicht nur zu Gott, sondern auch dem gesamten Universum, ihrer beider Liebe zu segnen, zu behüten und sie beide eine sehr, sehr lange Zeitspanne lebendig zu erhalten.

Dann zog Kyan seine Muira wieder in die Arme, liebte sie erneut, seine zweite Hälfte, seine wertvollste Kostbarkeit.

Epilog

Sie waren gesegnet mit zwei wunderbaren Kindern, kostbarer als alle Schätze der Welt. Das Leben war gut zu ihnen bis jetzt gewesen, hatte einen Ausgleich zu Unbill, Mühsal und Schicksalsschlägen der Vergangenheit geschenkt.

Muira lächelte Kyan beruhigend an.

Es war bald soweit, ihr Vater würde zu Besuch kommen und zum ersten Mal die beiden Enkel sehen, gekleidet als Kaufmann und Händler.

Sie war neugierig, wie es allen, die so lange Teil ihres Lebens gewesen waren, erging. Doch wirklich wichtig waren die Neuigkeiten nicht.

Viel mehr war sie gespannt auf Kyans Studienabschluss im kommenden Jahr, der ihm vermutlich eine Führungsstelle in der Seeschifffahrtsbehörde des County einbringen würde. Das Angebot bestand zumindest schon.

Sie war stolz auf ihren Mann, der neben seinen Lehrgängen am University College in Cork noch als Unternehmer erfolgreich war.

Er hatte sich von Ronan einen weiteren Kutter bauen lassen, dazu zwei kleinere Boote für die Bewirtschaftung seiner Aquakulturen und zuletzt ein Curragh fürs Angeln.

Geschickt war er auch im Rekrutieren seiner Mannschaft. Wo manche in anderen Firmen wegen ihres Alters entlassen wurden, zählte er auf das Wissen und die Erfahrung der Älteren. Da er seine Fischfangflotte nicht tagelang aufs Meer schickte, nahmen etliche Männer gerne sein Arbeits-Angebot an.

Gut vernetzt mit Liam und anderen Freunden, nutzte er oftmals entstehende Nischen für seine zugeschnittenen Angebote.

Sicher, er hatte kein auf Masse produzierendes

Unternehmen, sondern firmierte unter dem, was man gemeinhin als ‚klein, aber fein' betitelte.

Das betraf auch seine stetig vergrößerten Aquakulturen, die er nachhaltig betrieb und wo er auch mit neueren Arten an Meeresfrüchten experimentierte. Hier begann er Nischenprodukte zu entwickeln.

Vor allem jedoch waren es seine Austern, die durch die Kombination aus Atlantiklage, kaltem Wasser und unberührten Umweltbedingungen reißend Absatz fanden.

Die in den 1970-er Jahren in Irland eingeführte Felsenauster, Crassostrea gigas, hatte hier als wichtigste und am häufigsten gezüchtete Art die Führung übernommen. Doch Kyan blieb der Europäischen Auster, Ostrea edulis, treu, die sich durch ihre rundere, flachere Form von ihrer handelsüblichen Verwandten unterschied.

Viele der Feinschmecker, besonders in Liams Gastro-Imperium, schätzten letztere und wollten keine andere Sorte mehr essen, weswegen er sehr, sehr gutes Geld mit seiner Zucht verdiente.

Dass er für alle seine Projekte und Erweiterungsvorhaben keinerlei Kreditfinanzierung benötigte, erfüllte sie mit Genugtuung.

Hier hatte sie sich mit ihrer Mitgift als nützlich

erwiesen und Sinn gestiftet. Insofern sonnte sie sich bis zu einem gewissen Grad in seinem Erfolgslicht.

Kyan grinste still in sich hinein. Nicht nur er war wegen seines Schwiegervaters nervös, seine liebe Frau war es auch, ihr Körper angespannt wie eine Bogensehne.

Dabei hatte sie keinerlei Grund für ein schlechtes Gewissen oder Reue.

Sie hatte mit ihrem Vermögen ihre gemeinsame Lebensgrundlage zu schaffen geholfen. Hatte mit Musikunterricht in der Schule und privat im baulich erweiterten Haus von Oma Caitlin Freude und Ziel gefunden.

Ach ja, und Aeryn war mehr bei ihnen zu Hause als bei den Flanagans. Ihre Eltern hatten sich getrennt und beide ihre Zukunft in der Hauptstadt gesucht, ihre Tochter der familiären Verpflichtung und barmherzigen Freunden überlassen.

Selbst hier hatte seine geliebte Meereselfe mit ihrem Gespür recht behalten. Seine Granny hatte mit Aeryn eine Aufgabe erhalten, eine Herausforderung.

Sie hatte an die Zukunft der Kleinen gedacht, ihre Ausbildung und die Förderung ihrer Stärken. Mit

Begeisterung hatte sie all ihr Wissen als Hausfrau weitergereicht und so manchen Tipp auch hinsichtlich der Handhabung von unbequemen Mitschülern oder lästigen Männern verraten.

Ja, sie waren eine homogene Familie, zusammengewachsen durch Tiefschläge und Herausforderungen, vereint in einer stabilen, wärmenden und stärkenden Liebe.

Kyan küsste Muira innig, zog sie an sein Herz, den Blick in den klaren Himmel gerichtet und ein lautloses Dankgebet auf den Lippen.

Widmung

Ich widme dieses Buch dem Leben, das so viele Facetten beinhaltet und Inspirationen liefert. – Das Leben, das einen formt, herausfordert, prügelt, liebt, motiviert, lobt, ermahnt, auf Flügeln trägt, in Abgründe stürzt, Hoffnung gibt, demütig macht, lachen und weinen lässt. – Und das so endlich ist, obwohl wir uns verhalten, als ob es unendlich wäre.

Ich widme es aber auch der Fantasie, die den Alltag erträglich macht, uns in jede beliebige Situation hineinversetzt und uns zu träumen verleitet. Sie lässt uns fliegen, durch Zeit und Raum, transferiert uns in andere Welten und andere Wesen. Sie ist der Polster, der Rettungsanker und die Stütze in der Realität des täglichen Einerleis.

Erklärung

Artikel in Zeitungen, Berichte in Illustrierten, Erzählungen von Familie und Freunden, Erlebnisse von Bekannten und eigene Erfahrungen sowie Beobachtungen – alles vermischt, durch Fantasie in einem neuen Puzzle zusammengefügt, in Worte gekleidet und als Roman niedergeschrieben.

Alle Ereignisse in diesem Roman sind frei erfunden. Namen, Charaktere und Geschehnisse entspringen der Vorstellungskraft der Autorin oder wurden in einen fiktiven Kontext gesetzt und bilden nicht die Wirklichkeit ab. Jede Ähnlichkeit mit lebenden oder toten Personen, tatsächlichen Ereignissen oder Organisationen ist rein zufällig.

Informationen/Quellen zu den Protagonisten

Muira (MUHra), vom Gälischen muir „Moor“, vom Alt-Irischen muir „Meer“
https://www.kidpaw.net/names/muira
Kyan (KI-en, KEI-en): Cian (KI-jan) ist ein irisch-gälischer Vorname. Er bedeutet „antik“, „altertümlich“, „alt“.
https://de.wikipedia.org/wiki/Kian_(Vorname)
Ciara (kie-ara, kee-ARR-ah, see-ARR-ah) ist die weibliche Form des Namens Ciarán, der „dunkelhaarig“ bedeutet
O’Brian: Die O'Brien-Dynastie war ein irischer Clan und Adelshaus von Munster, gegründet im 10. Jahrhundert
Niall: Altirisch, bedeutet der Meister, der Sieger, der Leidenschaftliche, der Stürmische
Caitlin: Caitlin hat den Ursprung in ‚katharos' (Altgriech.), bedeutet soviel wie ‚rein‘.
Ryan: irische Herkunft, bedeutet (vermutl.) ‚kleiner König‘
Roisin: (row-sheen), irischer Ursprung, bedeutet ‚kleine Rose‘
https://www.kinderinfo.de/vornamen/jungen/niall/
https://www.namenswelt.de/vornamen/maedchennamen/c/caitlin/
https://de.wikipedia.org/wiki/Ryan_(Vorname)
https://de.wikipedia.org/wiki/Roísin/
Fionn: gälischer Ursprung, bedeutet ‚der Weiße, der Helle, der Blonde‘
https://www.baby-vornamen.de/Jungen/F/Fi/Fionn/
Dorcha: gälischer Ursprung, bedeutet ‚dunkel‘

https://en.wiktionary.org/wiki/Dorcha
Aeryn (ER-in): Keltisch-Irisch, Tochter Irlands
https://www.kinderinfo.de/vornamen/maedchen/aeryn/
https://www.thebump.com/b/aeryn-baby-name
Für Ronan, Liam und Pierce sowie sonstige Namen:
https://www.gruene-insel.de/blog/2018/irische-namen/
O und Mac: Dabei bezeichnet Ó (auch Ua) den „Enkel“ und Mac bis ins heutige Irisch den „Sohn“.
https://en.wikipedia.org/wiki/O%27Brien_dynasty
https://www.quarks.de/gesellschaft/wissenschaft/darum-sind-rothaarige-aussergewoehnlich/
Lodan: https://de.wikipedia.org/wiki/Manannan

Ein Ausflug ins Irische-Gälische

Feargach	Die Wütende
Cogaíochta	Die Kriegerische
Fiáine	Die Wilde
Meonach	Die Temperamentvolle
Laochra	Der Krieger
Geataí	Der Torwächter
Daideó (Dado gespr.)	Opa
Maimeó (Mamo gespr.)	Oma
seanmháthair	Großmutter
seanathair	Großvater
grá	Liebe
mac	Sohn
caora	Schaf

Muira's Tales

http://www.zeno.org/M%C3%A4rchen/M/Irland/Thomas +Crofton+Croker%3A+Irische+Elfenm%C3%A4rchen

https://www.sagen.at/texte/maerchen/maerchen_irland/maerchen_irland.htm

https://www.griechenland-auskunft.de/poseidon.php

https://de.wikipedia.org/wiki/Poseidon

https://de.wikipedia.org/wiki/Okeanide

https://de.wikipedia.org/wiki/Nymphe

https://de.wikipedia.org/wiki/Nereide_(Mythologie)

https://www.griechenland-auskunft.de/nereiden.php

https://de.wikipedia.org/wiki/Meeresgott

https://de.wikipedia.org/wiki/Liste_der_Herrscher_Irlands

https://de.wikipedia.org/wiki/Sieben_Meere

https://de.wikipedia.org/wiki/Bildungssystem_in_Irland

https://www.europarl.europa.eu/RegData/etudes/note/join/2013/495841/IPOL-PECH_NT(2013)495841_DE.pdf

https://aquaculture.ec.europa.eu/de/country-information/irland

https://www.gunfinder.de/artikel/die-besten-angelzeiten-wann-sollte-ich-am-besten-angeln

https://www.irland.de/Die-irische-Kueche-Essen--Trinken/Irisches-Fruehstueck/

https://de.wikipedia.org/wiki/Irische_K%C3%BCche

https://www.irland.com/essen-und-trinken/kueche/meeresfruechte/

https://www.falstaff.com/at/news/seafood-paradies-irland

https://prellung.behandeln.at/prellung-hausmittel.html

https://classic-rocks.de/englische-kinderlieder/schlaflieder/irish-lullaby.html

https://de.wikipedia.org/wiki/The_Irish_Times

https://www.eurotopics.net/de/148637/irish-independent

https://www.deutschlandfunk.de/william-butler-yeats-zum-150-immer-wieder-sich-selbst-neu-100.html

https://de.wikipedia.org/wiki/William_Butler_Yeats

Märchen 1: Das stille Volk: Die erzürnten Elfen

Kilmallok: https://de.wikipedia.org/wiki/Kilmallock

Knockfierna:

https://www.theirishroadtrip.com/knockfierna-walk/

Märchen 2: Das Land der Jugend: Der See Corrib

See Corrib: https://de.wikipedia.org/wiki/Lough_Corrib

Connaire (KON-är): Irisch-Gälisch, vom Namen Conchobhar, der vermutlich ‚Liebhaber von Hunden‘ oder ‚Liebhaber von Wölfen‘ bedeutet und für „Jäger“ steht

Mairin (MA-rin): Gälische Form von Mary/Maria, „bitter“

Märchen 3: Das stille Volk: Die Brauerei von Eierschalen

https://www.findmypast.co.uk/surname/sullivan

https://de.wikipedia.org/wiki/Wechselbalg
http://www.zeno.org/Vollmer-1874/A/Volk + (stilles)

Märchen 4: Das Land der Jugend: Springwasser

https://de.wikipedia.org/wiki/Cork
https://www.discoverireland.ie/cork/cork-city-lough
https://www.libraryireland.com/fairylegends/fior-usga.php
fior (Gälisch) = wahr, echt

Märchen 5: Das stille Volk: Fingerhütchen

https://de.wikipedia.org/wiki/Galtee_Mountains
https://www.ireland.com/de-at/destinations/regions/glen-of-aherlow/
https://de.wikipedia.org/wiki/Cahir
https://mash.plus/cappagh-co-tipperary/
https://en.wikipedia.org/wiki/Knockgraffon
https://de.wikipedia.org/wiki/Roter_Fingerhut
https://de.wikipedia.org/wiki/Kyphose (Buckel, Höcker)
https://www.ireland.com/de-de/destinations/county/waterford/waterford-city/

Danke! Thank You!

Für alle Informationen, Vorlagen und dgl. geht mein Dankeschön an folgende Quellen:
https://de.wikipedia.org/
https://www.fontsquirrel.com/

Für die vielen wunderbaren, auch mit KI geschaffenen Fotos und Illustrationen sowie deren Kontrolle hinsichtlich Verwendbarkeit sende ich ein riesengroßes Danke an:
https://pixabay.com/
https://tineye.com/

Bildquellen alle von Pixabay, geprüft mit TinEye, im Einzelnachweis

Cover	FriedeDia	user_id:14700988
Cover	macsnapshot	user_id:26421207
Titelbild	Παῦλος	user_id:5203796
Prolog	FriedeDia	user_id:14700988
Prolog	SacredFusion	user_id:11097826
Prolog	TheDigitalArtist	user_id:202249
Kapitel 1	Netedit	user_id:10928442
Kapitel 1	Iffany	user_id:6128830
Kapitel 2	Jimbo457	user_id:27590699
Kapitel 2	BooksSun	user_id:6476808

Kapitel 3	hobim	user_id:17071837
Kapitel 3	lisaleo	user_id:3220940
Kapitel 3	Iffany	user_id:6128830
Kapitel 4	GoddessofGoodFortune	user_id:6091498
Kapitel 4	GOLDEN_PICS	user_id:39766341
Kapitel 4	Iffany	user_id:6128830
Kapitel 4	Just-a-blonde	user_id:47313974
Kapitel 4	Kyraxys	user_id:41857870
Kapitel 4	Lavillia	user_id:38455994
Kapitel 4	Wallpx	user_id:48228048
Kapitel 5	sabrinabelle	user_id:20693007
Kapitel 5	MoFarrelly	user_id:1621639
Kapitel 6	Iffany	user_id:6128830
Kapitel 6	CallaNegra	user_id:10889949
Kapitel 6	Παῦλος	user_id:5203796
Kapitel 7	Seidenperle	user_id:41220675
Kapitel 7	jcoope12	user_id:17392968
Kapitel 7	Malkhai	user_id:34676066
Kapitel 7	FriedeDia	user_id:14700988
Kapitel 7	jcoope12	user_id:17392968
Kapitel 7	FriedeDia	user_id:14700988
Kapitel 8	Iffany	user_id:6128830
Kapitel 8	FriedeDia	user_id:14700988
Kapitel 8	Παῦλος	user_id:5203796
Kapitel 9	Seidenperle	user_id:41220675
Kapitel 9	Ellie_ellllllll	user_id:40593071
Kapitel 9	Suraajm20	user_id:48017103
Kapitel 9	TheDigitalArtist	user_id:202249

Kapitel 9	FriedeDia	user_id:14700988
Kap. 10	AI_Solution	user_id:731298
Kap. 10	FriedeDia	user_id:14700988
Kap. 10	hobim	user_id:17071837
Kap. 10	Alexey_Hulsov	user_id:388655
Kap. 10	Seidenperle	user_id:41220675
Epilog	anaterate	user_id:2348028
Epilog	Skame27	user_id:28413283
Epilog	Παῦλος	user_id:5203796
Epilog	OpenClipart-Vectors	
Endbild	alanajordan	user_id:25247407
Endbild	AI_Solution	user_id:731298
Endbild	Iffany	user_id:6128830
Emdbild	purpleivy	user_id:9095374

Alle Bildquellen der Märchen von Pixabay, geprüft mit TinEye, im Einzelnachweis

Märchen 1	ioa8320	user_id:498245
Märchen 1	Aristal	user_id:41051691
Märchen 1	Ennaej	user_id:38352629
Märchen 2	Alan_Frijns	user_id:16705522
Märchen 2	a_scarcy	user_id:7784328
Märchen 3	Frank_Rietsch	user_id:638998
Märchen 3	Skame27	user_id:28413283
Märchen 3	sabrinabelle	user_id:20693007
Märchen 3	Land_of_Books _YouTube	user_id:7733644

Märchen 3	alanajordan	user_id:25247407
Märchen 3	Land_of_Books _YouTube	user_id:7733644
Märchen 3	beasternchen	user_id:32364022
Märchen 3	TheDigitalArtist	user_id:202249
Märchen 4	ajs1980518	user_id:11074902
Märchen 4	DGSstudios	user_id:39215122
Märchen 4	jcoope12	user_id:17392968
Märchen 4	Kybe	user_id:33705170
Märchen 4	quirkjunkjournals	user_id:29268193
Märchen 4	anaterate	user_id:2348028
Märchen 5	ioa8320	user_id:498245
Märchen 5	rapplw	user_id:18816593
Märchen 5	jcoope12	user_id:17392968
Märchen 5	anaterate	user_id:2348028
Märchen 5	DTCU	user_id:2283052

Liebe Leserinnen und liebe Leser,

danke, dass Sie mein Buch bis zum Ende gelesen haben.

Hat es Ihnen gefallen? Konnte die Geschichte Sie berühren?

Wenn ja, dann würde ich mich sehr über eine Rezension von Ihnen auf einer der üblichen Plattformen freuen.

Seien es auch nur zwei, drei Sätze. Ihre positive Rückmeldung, womöglich Ihr Lob oder Ihre Begeisterung sind wie der Applaus am Ende des Stückes für den Schauspieler. Sie geben damit eine Belohnung für wochenlange Arbeit und gleichzeitig einen Ansporn für das nächste Projekt.

Vielleicht möchten Sie mir noch zusätzlich Feedback geben?

Dann freue ich mich darauf, von Ihnen auf Facebook, Instagram, meiner Homepage oder meinem Blog zu lesen.

Sind Sie bis jetzt meinen Büchern gefolgt, dann würde ich mich auch weiter über Ihre Treue freuen.

Sobald es Neues zu berichten gibt, teile ich die

Nachricht oder den Hinweis auf meiner Homepage www.helenmarierosenits.at, auf meinem Blog http://helenmarierosenits.blogspot.com, auf den Plattformen Facebook und Instagram mit.

Bis dahin wünsche ich Ihnen viel Freude im Leben, wenig Stress, lesenswerte Lektüre und vor allem Gesundheit!

Mit lieben Grüßen
Helen Marie Rosenits

Hinweis

Dieses Buch gibt es nicht nur als Print (bestellbar bei jeder Buchverkaufsplattform oder mittels ISBN über das VLB bei jedem lokalen Buchhändler), sondern auch als E-Book auf allen bekannten Plattformen.

Weitere Bücher der Autorin

Hannas Geschichte Teil 1: Wie alles beginnt. – Behütete Kindheit, zwiespältige Jugend, erste große Liebe, Pflichtbewusstsein, Auflehnung und eigener Weg, Herausforderungen und Schicksalsschläge. – Bis ein Herzinfarkt das gewohnte Leben abrupt zum Stillstand bringt und Hanna zum Nachdenken zwingt. Sie arbeitet ihre Vergangenheit schreibend auf und findet sich plötzlich erst recht neuen Ereignissen gegenüber.

ISBN 9783758304668

Hannas Geschichte Teil 2: Mit ihrem Manuskript macht sie sich auf den Weg, einen Verlag zu finden. Nachsichtig von ihrem Mann Bernhard auf ihrem Selbstfindungstrip unterstützt, wird Hanna zum Aushängeschild eines jungen, auf Best Ager fokussierten Verlages. Paul Santner, ein weiterer Autor der Edition, nimmt sich der Newcomerin an. Als Hanna für den Erfolg ihres Romans als Geschenk eine Einladung zu einer Reise erhält, beginnt das Karussell des Schicksals sich erneut zu drehen.

ISBN 9783758304873

Hannas Geschichte Teil 3: Erleichtert sieht Hanna positiv in ihre Zukunft. Doch ein Geständnis zu Weihnachten und eine unerwartete Entdeckung sind nur zwei von mehreren Stolpersteinen auf ihrem neuen Weg, den sie längst schon unbemerkt beschritten hat. Zu ihrer eigenen Zufriedenheit hin, aber auch zu ihrem persönlichen Glück?

ISBN 9783758305719

Zum Ende der Besatzungszeit verliebt sich die junge Wienerin Luzia in den englischen Offizier Ryan, doch widrige Umstände trennen sie.
Fast 60 Jahre später entdeckt ihre Tochter Grazia ein Tagebuch, das die gewohnte Welt zusammenstürzen lässt.
Die enthüllte Wahrheit treibt sie auf einen Weg, der nicht nur die Bruchstücke ihres bisherigen Daseins neu aneinander fügt, sondern ihrem Leben eine neue Richtung, ein neues Ziel weist.
Wird die Gegenwart erlauben, was die Vergangenheit verweigert hat, nämlich Liebe und Glück?

ISBN 9783758307164

Schwerer Unfall und karitative Tätigkeit, Spitzenmanager und pensionierte Juristin.
Zwei Umlaufbahnen kollidieren auf beengtem Raum und für begrenzte Zeit.
Können zwei starke Charaktere zueinander finden? Und mit 55plus noch Träume wahr werden?

ISBN 9783758307140

Sie: zählt zur Risikogruppe

Er: ist im Home-Office gefangen

Zwei Häuser nebeneinander, die Menschen darin unbekannt.

Das Karussell des Lebens bleibt abrupt stehen.

Ist die Krise ihre Chance?

Wenn Amor mit genügend Pfeilen bestückt ist, kann auch die Liebe selbst in Zeiten von Corona eine unwiderstehliche Option sein.

ISBN 9783757851842

Marie ist das einzige Kind der Familie, streng erzogen und doch die verwöhnte Prinzessin, – bis ein tiefgreifendes Ereignis ihr ganzes Leben verändert.
Alexander ist Primar, Honorar-Professor und mit eigener Facharztpraxis Teil des Establishments. Sein Vermögen hilft ihm, die süßen Seiten des Daseins zu genießen. – Ein Unfall verknüpft das Leben der beiden und wirbelt es durcheinander. – Der Alltag beginnt zu bröckeln und die eigenen Wurzeln werden hinterfragt.
Ist alles auf Sand gebaut? Kann in dieser Zeit des Wandels die Liebe der Anker sein?

ISBN 9783758307133

Eine canine Biografie

Momo und Elfe erzählen aus ihrem Alltag, von ihren Erlebnissen und ihren Gedanken. Die Autorin ist bloß ihre Ghostwriterin und steuert viele Fotos bei.

ISBN 9783758305252

Funktionieren ist alles! Zwei Fremde, die an ihre Grenzen stoßen.

Fremdgesteuert, marionettenhaft, unglücklich!

Für ihr Umfeld perfekt.

Bis der Körper NEIN schreit. Und das Herz die Hoffnung sucht.

ISBN 9783758305818

Gesammelte Texte
in Prosa und Poesie aus über fünfzig Lebensjahren

ISBN 9783758306174

Erzählungen aus dem täglichen Leben
und dem Kino im Kopf

Eine Liebe in Paris / Muira's Tales / Eine Weihnachtsgeschichte / Die verschwundene Zeit / Mairead / Die alte Frau mit den Zündhölzern

ISBN 9783759787033

Erzählungen, Episoden, Legenden und Biografisches rund um die Weihnachtszeit und das Ende des Jahres. Und das Evangelium nach Lukas ein wenig anders betrachtet.

Ein Esel in Bethlehem / Eine Weihnachtslegende / Ein Christkind mit vier Pfoten / Tierische Weihnacht / Eine Überraschung zu Weihnachten / Jahreswechsel – Ende und Anfang / Hanna, Bernhard und Paul (Adventbeginn/Panta Rhei/Weihnachten neu/Weihnachtserinnerungen/Alles fließt/Silvester)

ISBN 9783819299735

Darragh O'Leary, nicht der Erbe und doch voller Ideen für das Handelshaus seines Vaters. Als unerwünscht abgetan, trifft er im Park auf Caitlin, ein einsames, junges Mädchen. Die schwierige Nachkriegszeit trennt die beiden, doch Darragh kann ihre himmelblauen Augen und ihr rotes Haar nicht vergessen.

erscheint 2026

Über die Autorin

Helen Marie Rosenits studierte Jus an den Universitäten Wien und Salzburg, promovierte an der Paris-Lodron-Universität. Sie arbeitete in verschiedenen Bereichen, betreute ihre Blogs und verfasste Artikel für die Zeitung ihres Hundevereines, bis sie ihrer Leidenschaft nachgab, und auch Romane zu schreiben begann. Heute lebt sie mit ihrem Mann und ihrem Hund in Niederösterreich.

www.helenmarierosenits.at

http://helenmarierosenits.blogspot.com

https://www.facebook.com/profile.php?id=1000106222 82861/

https://www.instagram.com/helen_marie_rosenits

Danksagung

Mein herzliches Dankeschön geht zuerst an meinen Mann, der mit sehr viel Geduld und Hilfsbereitschaft meinen Weg des Schreibens begleitet.

Vor allem aber möchte ich meinem geschätzten Gymnasialprofessor, meinem werten Herrn Hofrat, ganz besonders danken – für seine nimmermüde Bereitschaft, mich mit gerechter Kritik anzuspornen, mir unzählige Vorschläge zur inhaltlichen Optimierung zu unterbreiten und meine schriftlichen Ergüsse einer umfassenden Korrektur zu unterziehen.

Zudem ist es mir ein besonderes Bedürfnis, all meinen Freundinnen/Freunden und Bekannten, egal ob im realen Leben oder bloß auf virtueller Ebene, von Herzen zu danken – für ihren Zuspruch, ihre Ermutigung, ihr Mitgefühl und ihre Unterstützung in meinem Leben.

Ihr gebt mir Kraft, macht mir Mut und wärmt mein Herz.

Muira und Kyan

Die Meereselfe und der Fischer

Und fünf Irische Märchen für Aeryn, erzählt nach den Gebrüdern Grimm (feat. Thomas Crofton Croker)